HORRORA BOREALIS

Né en 1971 à Neuchâtel en Suisse, Nicolas Feuz a étudié le droit, obtenu le brevet d'avocat et exercé comme juge d'instruction. Aujourd'hui procureur de la République, il s'est lancé dans l'écriture de romans noirs en 2010.

Du même auteur :

Le Miroir des âmes, Slatkine & Cie, 2018.

NICOLAS FEUZ

Horrora borealis

ROMAN

SLATKINE & CIE

ISBN 978-2-253-25805-6 – 1re publication LGF

Dans les croyances de certaines peuplades du Grand Nord, les aurores boréales représentent les âmes d'enfants mort-nés.

à ma sœur Jobeda

1

La nuit sentait la mort, de cette odeur âcre du sang frais au début de sa coagulation, dans la chaleur persistante d'une splendide journée du mois de juin.

Quelle heure pouvait-il être ?

Vingt-trois heures ?

Minuit ?

Quelle importance !

Il fallait bien mourir un jour.

Que ce fût aujourd'hui ou demain importait peu dans l'esprit torturé de Walker. Bientôt, son sang rejoindrait celui des autres. De tous les autres autour de lui. De ces victimes innocentes qui s'étaient retrouvées, comme lui, au mauvais endroit, au mauvais moment. Toute l'histoire de sa vie.

Son sang se mélangerait au leur et apporterait un peu de fraîcheur, avant de se figer en une épaisse couche pourpre, légèrement brunâtre. Il formerait des plis obscènes, comme les bourrelets d'un obèse, comme les coulées de lave se superposant les unes aux autres en refroidissant.

Lentement. Très lentement.

Aurait-il la même couleur ?

Probablement.

Et l'odeur…

Aucune odeur n'était si tenace que celle du sang frais exposé à la chaleur d'une douce soirée d'été. Elle n'était pas désagréable en soi – elle était légèrement ferreuse – mais elle se faufilait partout et s'agrippait à tout. Aux vêtements. Aux cheveux. Aux poils du nez et à la cloison nasale. À la peau, comme les sangsues. Il était impossible de l'ignorer et difficile de s'en défaire.

Walker le savait pertinemment. Il n'avait jamais oublié la Laponie. Il avait beau se moucher, se curer les narines, se doucher, se parfumer, changer ses habits et recommencer jour après jour. Rien n'y faisait.

L'odeur du sang frais revenait sans cesse, comme si elle imprégnait chaque recoin de son cerveau, gravée à vie dans sa mémoire olfactive. Il avait appris à vivre avec. Il n'avait pas eu le choix.

Et cette petite voix lointaine, qui répétait de manière lancinante :

Qu'est-ce qui s'est passé en Laponie ?

La question revenait comme le refrain d'une chanson populaire.

Encore.

Et encore.

Insistante.

Walker…

… Qu'est-ce qui s'est passé en Laponie ?

Le jeune inconnu qui gisait – mort – à ses pieds n'en avait plus rien à faire. Pour lui, il était déjà trop tard.

Comment avait-il dit qu'il s'appelait, déjà ? Aucune idée. Walker ne s'en souvenait pas. Quelle importance ? Car bientôt, il subirait le même sort.

La seule interrogation – finalement assez peu pertinente – était de savoir qui de lui ou du blond Finlandais qui se trouvait à côté de lui mourrait le premier.

Walker tourna la tête vers son voisin. Ce dernier affichait de longs cheveux gras. Tout en lui transpirait la peur de la mort. Ses yeux globuleux avaient viré du bleu au gris. Des pores de sa peau suintaient de grosses gouttes salées, qui scintillaient dans la lumière des projecteurs. La scène – au propre comme au figuré – paraissait surréaliste.

La musique s'était tue. Les cris de détresse de la marée humaine fuyant le danger s'étaient éloignés et le silence avait fini par regagner les berges du lac de Neuchâtel. Le calme de la nuit était revenu, avec la lune et les étoiles comme seuls témoins. C'était une magnifique soirée pour mourir.

De quelle manière ?

La manière importait peu, du moment que le résultat semblait inéluctable. Il serait atteint d'une façon ou d'une autre, douce ou violente, aujourd'hui ou demain, ici ou ailleurs. Le hasard avait voulu que ce fût cette nuit, en cet endroit idyllique.

Pourquoi ?

C'était ainsi.

Une forme de hasard morbide, de loterie inhumaine. Dieu jouant à la roulette, comme au casino.

Le regard de Walker plongea une nouvelle fois dans le sang de l'homme qui gisait inerte à ses pieds. Le liquide rouge vif s'écoulait lentement et commençait à souiller les chaussures du Finnois. Gélatineuse, l'hémoglobine absorbait les couleurs des projecteurs de la grande scène. Lorsque ceux-ci clignotaient du jaune au bleu en passant par l'orange, le sang devenait tour à tour brun, violet ou noir. Le silence qui régnait depuis de longues minutes laissait place au cliquetis métallique provoqué par les changements de couleur, rythmés comme une vieille pendule neuchâteloise à balancier résonnant dans une pièce vide.

Les yeux hagards de Walker remontèrent de la flaque visqueuse aux habits imprégnés de sang du jeune rappeur. Le t-shirt ample, sur lequel apparaissait encore le logo du groupe Michigang, avait épongé la vie de son porteur. Un micro pendait à un câble, enroulé autour du cou de la victime.

Ses membres retombaient mollement. Il gisait, les jambes écartées, les bras en croix et les paumes des mains ouvertes vers le ciel, comme s'il attendait avec une certaine grâce les derniers sacrements.

Sa bouche s'était close à jamais, en même temps que s'était tue sa voix rebelle hurlant aux Murmures barbares. Avec ses lèvres scellées et ses grands yeux ouverts, perdus dans le néant, il semblait paisible.

Son cadavre ressemblait à une poupée de cire, comme celles que l'on croisait dans certains musées.

Le flot de sang trouvait sa source dans un orifice béant au milieu du front, comme un troisième œil. L'œil du Mal. Les chairs déchirées dévoilaient des éclats d'os et de matière cérébrale. La balle de 9 mm ne lui avait laissé aucune chance.

Pourtant, plus tôt dans la soirée, rien ne prédestinait le jeune rappeur à une telle mort. Il n'avait été que la victime collatérale d'un inexplicable et inextricable enchaînement de circonstances.

Comme les autres.

Tous les autres.

Combien d'innocents avaient payé de leur vie cette dérive insensée ?

Huit ? Peut-être neuf ?

Avec Walker et son voisin finlandais, on compterait une dizaine de victimes de la folie humaine. De quoi remplir la une des médias pendant des jours.

On demanderait pourquoi. On pleurerait. On s'offusquerait.

Il y aurait des coups de gueule dictés par l'émotion, des cris rageurs et ravageurs, des larmes d'incompréhension, des témoignages déchirants, des silences pesants, des marches blanches.

On attaquerait la loi sur les armes. Une fois de plus. Même si en l'occurrence, l'armée n'était pas le pourvoyeur de l'outil meurtrier. Celui-ci n'aurait d'ailleurs jamais dû parvenir en cet endroit festif.

Il y aurait une enquête, laquelle mettrait en cause le service de sécurité et les techniques de fouille à l'entrée du festival. Mais elle n'aboutirait assurément à rien, vu l'ampleur de la manifestation.

Qui avait laissé entrer cette arme ?

Qui avait fouillé son porteur ?

Il serait impossible de le déterminer avec certitude, ce d'autant plus qu'il s'avérait aisé d'introduire un automatique en douce, à presque n'importe quel point d'accès aux grillages de l'enceinte…

… même si ce n'était pas ainsi que l'arme était entrée en scène.

Non.

C'était plus simple que ça.

Beaucoup plus simple.

Horriblement plus simple.

C'était par le biais d'un autre homme qui, ce soir, n'aurait jamais dû se retrouver armé, à cet endroit-là, à ce moment-là, avec tout ce monde. Pour une simple erreur de jugement, l'attitude de cet homme avait coûté la vie à une dizaine d'innocents.

Walker éprouva de la peine à déglutir, en regardant l'affreuse plaie béante au front du jeune rappeur. Il imagina le projectile tueur jaillir du canon de l'arme, pénétrer l'air à grande vitesse, fendre la peau tendue, fracasser les os, forer la cervelle en tournant, creuser un entonnoir inversé et éclater les chairs à l'arrière du crâne, avant de se perdre dans la nuit.

La balle avait-elle traversé la toile cirée du grand chapiteau ?

Avait-elle fini sa course meurtrière dans le lac ?

Avait-elle heurté une armature métallique sur sa trajectoire ?

Avait-elle ricoché ?

S'était-elle encastrée dans un haut-parleur de la scène ?

La police la retrouverait-elle quelque part, déformée et piétinée dans l'herbe ou la terre battue des Jeunes-Rives ?

Tout n'était qu'hypothèse, avec néanmoins une seule certitude : elle n'était pas restée dans la tête du jeune chanteur, vu les dégâts qu'elle avait occasionnés au niveau de l'orifice de sortie, à la hauteur de l'occiput.

Le malheureux…

Avait-il entendu le bruit du coup de feu ou la vitesse du projectile avait-elle devancé celle du son ?

Sa mort avait-elle été instantanée ?

Son cerveau avait-il, après l'impact, encore enregistré des bruits ou d'autres informations, comme la douleur ?

Avait-il eu mal ?

Avait-il senti de la chaleur ?

Ou du froid ?

Avait-il seulement ressenti quelque chose ou, à l'inverse, avait-il rejoint les étoiles sans aucune sensation ?

Walker obtiendrait bientôt des réponses à ses questions, car son tour viendrait. C'était imminent et inéluctable.

Son destin était en marche et il n'en était plus le maître. Il n'était plus qu'un mort en sursis.

Peut-être n'obtiendrait-il d'ailleurs jamais de réponse, car ses questions disparaîtraient d'un coup sec avec lui dans le néant. Existait-il seulement une vie après la mort ? Ne fût-ce qu'un bref instant où la personne pouvait se rendre compte que, la seconde suivante, elle ne serait plus ?

Putains de questions existentielles !

Putain de philosophie à deux balles !

Putain de vie !

Pourtant, à l'origine, sa vie avait tout pour être belle. N'avait-il pas souvent entendu les gens le jalouser ? Une enfance heureuse, sans l'ombre d'un nuage. Une famille parfaite. Une harmonie que d'aucuns lui enviaient. En bref, une vie de rêve. Même si certaines langues lui reprochaient une famille trop lisse, tant les tensions et les conflits y étaient inexistants. Paroles de tristes personnages, qui voulaient absolument trouver des problèmes là où il n'y en avait pas.

Des gens comme ça existaient. Nuisibles, ils n'étaient « heureux » qu'à se complaire dans le malheur et ne se sentaient vivants qu'à travers les problèmes, quitte à les amplifier au moment de les exposer aux autres, pour avoir le sentiment d'exister à travers la pitié ainsi engendrée. Les réseaux sociaux constituaient le nirvana pour de telles personnes.

Walker n'avait nul besoin de ça – du côté obscur, comme il l'appelait – pour exister. Le trop beau, le trop propre, le trop lisse, il les assumait volontiers. L'absence de tout conflit lui convenait parfaitement.

Pourtant, chaque belle chose avait une fin et cette vie de rêve avait fini par basculer.

À deux reprises.

Une première fois, en Laponie.

Une seconde fois, cette nuit, sur les rives du lac de Neuchâtel.

Walker, reprit inlassablement la voix. *Qu'est-ce qui s'est passé en Laponie ?*

2

La Laponie…

Sous ses airs faussement paisibles, Sandra Walker cachait mal une terrible angoisse. Le froid envahissait son corps de la tête aux pieds, violant la moindre parcelle d'intimité. Elle frissonna.

Ce n'était pas étonnant, avec cette tempête de neige qui faisait rage depuis des heures. On n'y voyait pas à cinq mètres. Les bourrasques soufflaient à l'horizontale, tirant des traits blancs sur un décor blanc ; tout n'était que mimétisme. La neige envahissait chaque recoin de paysage, à se demander où s'arrêterait la couche de poudreuse, qui recouvrait déjà de son épais manteau routes, sapins et autres étendues désertiques.

Jusqu'à présent, Sandra n'avait vu ce genre de décor que sur des cartes postales et des magazines de l'agence de voyages. La Laponie n'était encore qu'une destination peu prisée du tourisme de masse.

Et pour cause : en février, on y annonçait des températures moyennes de moins vingt à moins trente degrés Celsius.

Ils étaient peu nombreux, ceux qui préféraient le grand froid du Nord aux plages des Seychelles ou des Maldives.

Quelle mouche avait bien pu piquer son mari de vouloir emmener sa famille dans cet enfer blanc ?

En soi, l'idée d'emmener les enfants au pays du Père Noël pouvait sembler excellente, mais en vérité, elle occultait toutes les complications dues à l'hiver polaire : des valises triplant de volume à cause du nombre et de l'épaisseur des habits, une trousse à pharmacie de la taille des rhumes et autres grippes provoqués par le froid, le risque de se retrouver coincés dans une cabane en rondins de bois, perdue quelque part entre les conifères pliant sous la neige et le grand néant blanc. Quelque part, cette évocation n'était pas sans rappeler l'hôtel isolé du traumatisant *Shining* de Stephen King. Dans cette histoire, il y avait aussi un jeune enfant aux prises avec certaines forces occultes.

Quentin…

Où était-il ?

— Ne te fais pas de souci, ma chérie, tenta de la rassurer Rolf. Je suis sûr qu'on va vite le retrouver. Il a peut-être déjà trouvé refuge dans une autre cabane, croyant par erreur que c'était la nôtre. Elles se ressemblent toutes, dans ce décor.

— Dieu t'entende, répondit son épouse, peu convaincue.

Elle sentit monter en elle une vague de panique, à l'idée que leur fils cadet ait pu se perdre dans la forêt environnante, sans aucun point de repère.

Dans ce maudit pays, tout se ressemblait. Le paysage était le même ici qu'à des hectares à la ronde et la tempête de neige ne faisait qu'amplifier le risque de confusion.

— Il a mis ses raquettes, quand il est allé jouer dehors ? demanda Rolf.

— Non, répondit Sandra. Je crois qu'il a pris la luge en bois.

Elle jeta un rapide coup d'œil au thermomètre vissé à l'un des rondins de leur cabane. Il affichait moins dix-sept degrés. Dans une heure, la température descendrait assurément en dessous des moins vingt degrés et la nuit gagnerait le cercle polaire.

— Il n'a que huit ans, chéri… murmura-t-elle, inquiète. On n'aurait jamais dû le laisser jouer dehors tout seul. C'était complètement irresponsable.

— À son âge, on doit apprendre à lâcher la bride et à lui faire confiance, tenta de se convaincre son mari.

À vrai dire, lui-même ne paraissait guère plus rassuré, même s'il était d'avis que Sandra était trop mère poule avec leur petit dernier. Elle ne l'avait jamais été à ce point avec leurs deux aînés.

— Est-ce que tu vois Samuel et Alia ? lui demanda-t-elle.

— Non.

— Ils sont pourtant partis en direction du village il y a plus de vingt minutes.

Rolf regarda sa montre, pensif.

— Effectivement…

Il dut admettre que c'était long. Mais ici, au nord de la Finlande, le temps était relatif. Le jour se levait vers dix heures et disparaissait aux alentours de seize heures. Il fallait en outre une bonne trentaine de minutes à pied pour rejoindre le centre d'Äkäslompolo.

— J'espère qu'il n'est pas allé jouer sur le lac, s'inquiéta Sandra.

L'étendue gelée ne se trouvait qu'à peu de distance de la cabane, mais pour l'atteindre, il fallait traverser un bout de forêt dans la neige épaisse ou contourner celui-ci par la route puis par la piste de ski de fond.

— Ça m'étonnerait… répondit son époux, tentant une nouvelle fois de la calmer.

Cherchait-il par là à se rassurer lui-même ?

Certainement.

— Rappelle-toi, chérie, ajouta-t-il. Nous le lui avons formellement interdit. Je ne pense pas qu'il désobéirait.

— Peut-être… Mais avec cette tempête, on ne voit pas à deux mètres. Peut-être n'a-t-il pas conscience de…

— Arrête ! coupa Rolf. Tu te fais du souci pour rien. De toute façon, la couche de glace est assez épaisse. Sinon, tu penses bien qu'ils ne laisseraient ni les fondeurs, ni les motoneiges traverser le lac. Si la glace supporte le poids de tels engins, c'est qu'il n'y a aucun risque pour un enfant.

— Pas partout, soupira sa femme. Je suis sûre qu'au bord, il y a des endroits où…

— Arrête ! Arrête tout de suite avec ça ! On va le retrouver et ce ne sera certainement pas vers le lac.

Les époux Walker – tous les deux la quarantaine – demeurèrent quelques minutes sur le pas de la porte de leur cabane en rondins de bois, à scruter l'enfer blanc.

Sandra avait revêtu sa combinaison bleue, moulante au niveau de la taille. Son capuchon à bord d'hermine cachait ses longs cheveux blonds. Quant à Rolf, il était plus visible dans la tempête, avec son anorak orange et son bonnet rouge.

Il avança de quelques pas dans les bourrasques de neige, en direction du petit abri qui leur servait de réserve de bois de feu et de local technique pour les skis de fond. À cet endroit, il fouilla des yeux le décor de traits blancs tout autour de lui, sans succès, puis il revint vers sa femme.

Le froid transperçait déjà ses vêtements.

— Si dans cinq minutes, nous n'avons toujours pas de nouvelles, je partirai à mon tour à pied vers le village pour aller chercher des secours.

Elle acquiesça.

Le terme de « secours » la rassura d'un côté et la fit paniquer de l'autre. Son petit Quentin était là quelque part, sans défense, perdu dans les neiges.

Était-il en difficulté ou jouait-il innocemment, inconscient de la frayeur qu'il causait à ses parents ?

Dans la première hypothèse, elle n'osait imaginer le pire. Dans la seconde, elle s'était d'ores et déjà décidée à lui passer un savon qu'il n'oublierait pas de sitôt. Bien qu'au fond d'elle-même, elle sût déjà que lorsqu'elle le verrait, elle serait si heureuse, si soulagée, que son ardeur à le réprimander fondrait instantanément.

Le petit monstre...

Dans l'immédiat, l'angoisse dominait ; en apparence, bien plus chez elle que chez son époux, ce qui avait tendance à l'agacer. Un fossé séparait à l'évidence les instincts maternel et paternel.

— Ils sont là ! annonça soudain Walker.

Il désigna deux ombres chinoises, qui progressaient péniblement côte à côte dans la tempête, tout en se protégeant le visage avec les bras. Les deux formes humaines titubaient comme si elles avaient trop bu. Le couple se précipita à leur rencontre.

— Vous ne l'avez pas trouvé ? s'écria leur mère.

— Non maman, répondit la jeune fille de dix-sept ans. Manifestement, il n'est pas allé du côté du village.

— Alia s'est rendue vers l'hôtel Äkäs et moi, j'ai coupé par la piste de ski de fond en direction du lac, compléta Samuel. Mais il n'est pas là-bas non plus.

— Alors, où est-il ? demanda Sandra à son fils aîné de façon pressante.

Le jeune homme blond avait dix-huit ans, soit une année et quelques mois de plus que sa sœur.

Les Walker avaient eu leurs aînés de façon relativement rapprochée, alors qu'ils n'étaient encore eux-mêmes qu'étudiants à l'université. Une décennie s'était ensuite écoulée jusqu'à la naissance de Quentin.

— Si je le savais, je serais rentré avec lui, maman ! s'énerva le jeune homme face à la question idiote de sa mère.

— Rolf, je t'en supplie…

Elle se mit à trembler comme une feuille.

— Nous devons appeler la police !

Walker hésita, fit quelques pas en tournant nerveusement sur lui-même, puis s'adressa à sa fille.

— Vous êtes allés voir du côté de l'igloo ?

L'igloo...

L'igloo se trouvait à l'opposé de la cabane, vers la lisière d'une autre forêt, plus dense. Une centaine de mètres devaient les séparer de l'endroit où, deux jours plus tôt, sous un soleil radieux, Rolf avait creusé un trou dans un amas de neige. Une tanière grossière pour renard des neiges plus qu'une élégante architecture de blocs de glace.

L'igloo avait-il survécu à la tempête ?

Bien sûr que oui…

En fait, la question était autre, à savoir s'il avait résisté au poids de la nouvelle couche de neige et si son entrée avait pu se retrouver obstruée par la poudreuse, avec Quentin à l'intérieur.

Walker pâlit soudain, en se remémorant ce qu'on lui avait enseigné sur les faibles chances de survie sous une avalanche.

La désorientation.

Les cristaux envahissant les poumons.

L'asphyxie.

La mort par noyade.

Sans le vouloir, sans prononcer un seul mot, il communiqua son angoisse aux membres de sa famille. Tous se précipitèrent et, l'un après l'autre, contournèrent la cabane en rondins de bois en enjambant une congère formée par la fraiseuse. Ils progressèrent péniblement en s'enfonçant à chaque pas, jusqu'aux genoux, dans la couche fraîche.

Le vent glacial fouettait les parties à nu de leur visage. Plissant les yeux pour tenter de percer le rideau blanc, ils parvinrent au côté opposé de l'habitation, orienté vers la nature sauvage.

— Quentin ! cria sa mère.

— Où es-tu ? ajouta son père.

— Quentin ! appelèrent en chœur Alia et Samuel.

En retour, ils n'obtinrent que le sifflement continu de la tempête, qui mordait dorénavant leurs joues exposées au froid. Ils fouillèrent sans succès le néant blanc qui les encerclait, ne percevant çà et là que les vagues formes de branches de sapins alourdies par la neige.

— Il faut aller voir vers l'igloo, lança le frère aîné.

— Sans raquettes aux pieds, tu n'as aucune chance, commenta la jeune fille.

— Ta sœur a raison, Sam, appuya Walker. Jamais tu n'atteindras la lisière à temps avec tes bottes. Au premier pas hors des chemins balisés, tu t'enfonceras.

— Eh bien dans ce cas, qu'attendez-vous ? s'énerva Sandra.

Les hommes se regardèrent, hésitèrent un instant, puis au moment où Rolf se décidait le premier à bouger pour aller chercher des raquettes, ils se figèrent à nouveau, se turent et écoutèrent.

Ils l'entendirent, d'abord comme dans un mauvais rêve. La faible voix tentait de rivaliser avec le bruit de la tempête.

Une voix aiguë.

Lointaine.

Celle d'un enfant.

Celle de Quentin.

Ils regardèrent de nouveau en direction de la lisière de la forêt et de l'igloo. D'abord, ils devinèrent une simple forme. Puis ils le virent un peu plus distinctement. L'enfant chancelait, s'enfonçait de tout son petit corps dans la couche de poudreuse, peinait à progresser dans leur direction, titubait et chutait à chaque pas. Comme s'il était ivre. Il tendait les bras vers eux. Désespérément. Il semblait appeler au secours.

Maman !

Sa maman…

Il voulait sa maman. C'est ce que Sandra Walker comprit.

Elle se précipita vers lui, mais l'épais tapis neigeux qui les séparait refusait qu'ils soient réunis. Elle progressait au ralenti, retenue par les éléments naturels.

Son jeune fils était en péril. Il avait besoin d'elle. Elle le savait. Elle le sentait. C'était ancré en elle. La chair de sa chair était en train de mourir. Pas de froid, ça aussi elle le perçut très vite. C'était autre chose. Quelque chose de plus terrifiant.

Un drame s'était produit.

Son enfant souffrait.

Il saignait.

À quelques mètres de lui – si près et pourtant si loin – elle vit le sang qui s'échappait de sa tête. Son petit crâne était ouvert. Ses yeux étaient révulsés. Il marchait comme un zombie, un mort en sursis. Le liquide rouge dégoulinait abondamment sur son visage et ses vêtements.

— Quentin ! hurla sa mère dans le noir.

*

— Quentin… répéta Sandra Walker, enfin réveillée.

Sous la violence du choc, elle s'était assise brusquement dans le lit conjugal. À son tour, Rolf émergea du sommeil en sursaut.

— Qu'est-ce qu'il y a ? bougonna-t-il, à moitié endormi.

Sa femme semblait complètement perdue, hagarde. Ses yeux étaient grands ouverts. Elle tremblait de panique.

— Je… j'ai fait un rêve.

— Un cauchemar, tu veux dire.

— C'était horrible, atroce. Si réaliste…

Comme une girouette dans un ouragan, elle regarda rapidement tout autour d'elle. Ce qu'elle vit la soulagea, même si elle dut cligner des yeux à plusieurs reprises pour se convaincre de la réalité. Elle était chez elle. Dans sa chambre à coucher. Dans son appartement du quartier des Beaux-Arts. Dans sa ville de Neuchâtel. En Suisse.

Putain de rêve…

À proximité immédiate du lit, de son côté, la fenêtre était ouverte. Un coup de vent avait dû en élargir l'entrebâillement usuel. Derrière les vieux volets verts, de fortes rafales étaient perceptibles.

Elle se leva et jeta un coup d'œil à travers les lamelles de bois usées. Dans la rue, le halo orangé de l'éclairage public dévoilait une fine pellicule de neige, qui recouvrait les trottoirs et les véhicules en stationnement. L'endroit paraissait désert. Il faisait nuit et froid, dehors comme dans la chambre.

Quelle heure pouvait-il être ?

Sandra chercha du regard son radioréveil. L'affichage digital, qui diffusait une pâle luminosité verdâtre sur sa table de chevet, la renseigna.

03 : 50

Dans un peu plus de deux heures, l'alarme sonnerait le moment du départ pour l'aéroport de Zürich-Kloten.

Comme pour beaucoup de Neuchâtelois, le premier samedi de la semaine des relâches scolaires du 1er mars, fête de l'indépendance de la petite République helvétique, marquait le début des vacances. La majorité prenait la route des stations de ski des Alpes vaudoises ou valaisannes. D'autres leur préféraient des destinations méditerranéennes en Tunisie ou au sud de la Turquie, en dépit de la menace terroriste omniprésente.

La famille Walker, quant à elle, avait opté pour la Finlande et le cercle polaire. Sandra n'avait pas encore compris à ce jour ce qui l'avait fait accepter si facilement cette lubie de son mari.

Putains de vacances…

Putain de rêve…

Rolf, quelle mouche t'a piqué de vouloir nous emmener en Laponie ?

Elle jeta un coup d'œil à son époux. Elle aurait voulu lui parler, même si elle ne savait pas exactement quoi lui dire. Peut-être cherchait-elle simplement à être rassurée. Il aurait pu la prendre dans ses bras, lui dire des mots doux, lui dire qu'il l'aimait.

Quelque chose de banal aurait même suffi, mais elle ne put que constater qu'il s'était déjà rendormi, bercé par ses propres ronflements. S'était-il seulement rendu compte qu'elle avait crié, hurlé même ? S'en rappellerait-il demain matin ?

Probablement pas.

Ah, les hommes…

Tous les mêmes…

Sandra repoussa la fenêtre de la chambre à coucher et s'emmitoufla dans son duvet. Elle eut toutes les peines du monde à se réchauffer et à retrouver le sommeil. Les images de son cauchemar – si réelles – continuèrent de hanter son esprit éveillé.

Étendue à côté de son ronfleur de mari, les yeux grands ouverts dans le noir, elle fixa au pied du lit l'entassement des valises remplies de vêtements chauds, qui n'attendaient plus que d'être chargées dans la voiture.

Putain de Laponie…

3

Walker, répétait inlassablement la voix, *qu'est-ce qui s'est passé en Laponie ?*

La question récurrente l'énervait au point qu'il n'arrivait plus à réfléchir.

La Laponie…

L'endroit était si lointain dans son esprit.

Pourquoi étaient-ils partis là-bas ?

Qui en avait eu l'idée à l'origine ?

La destination était singulière. Inhabituelle même. Les touristes ne s'y pressaient guère. Il fallait vouloir partir là-bas. Il fallait la volonté d'affronter l'air glacial du cercle polaire. Ce n'était pas évident.

Les souvenirs de Walker étaient dispersés et confus dans son esprit. Quelque chose de grave s'était passé en Laponie. De très grave, même. Il ne pouvait le nier. Quelque chose qui avait bouleversé à jamais le cours de sa vie.

La voix le sommait de raconter.

Elle voulait une réponse.

Mais était-ce la bonne question ?

Celle qu'il fallait poser en premier ?

Son regard plongea une nouvelle fois dans les yeux ouverts du jeune rappeur assassiné. Ceux-ci avaient perdu tout éclat et reflétaient le néant. La mort ressemblait à un grand vide. Décidément, le malheureux s'était vraiment retrouvé au mauvais endroit, au mauvais moment.

Comme lui en cet instant.

Comme lui en Laponie.

Walker n'avait pourtant rien demandé. Il n'avait rien voulu de tout cela. Il n'avait fait que subir les événements comme une victime de la providence. C'était toute l'histoire de sa vie. Et sa vie allait bientôt se terminer dans un bain de sang, un déchaînement incontrôlé de violence résultant d'un terrible concours de circonstances.

Il regarda le trou béant, presque obscène, foré dans le front du chanteur, dont il avait oublié le nom. Ce troisième œil était presque noir. De cet orifice s'échappaient encore un filet de sang et de la matière cérébrale mêlée d'éclats d'os. Les dégâts qu'une balle de 9 mm pouvait causer à un être humain paraissaient simplement… inhumains.

Walker soupira.

Décidément, non…

La bonne question n'était pas tellement de savoir ce qui s'était passé en Laponie – ça, il s'en rappelait relativement bien – mais plutôt de comprendre pourquoi il s'était retrouvé ici, ce soir, dans une situation si désespérée. Le Finlandais, qui tremblait comme une feuille à ses côtés, devait certainement détenir la clé de ce mystère.

*

Plus tôt dans la soirée.

Un crépuscule violacé avait envahi la ville estudiantine de Neuchâtel. Ce premier week-end du mois de juin s'annonçait caniculaire, ce qui n'était pas pour déplaire aux habitants de la région, dépités et au bord de la dépression généralisée après deux mois de froid et de pluie incessante. Le printemps n'avait pour ainsi dire pas existé. Du jamais vu depuis plus de trente ans.

Une vague de chaleur s'était enfin installée sur l'ensemble de l'Arc jurassien et du littoral neuchâtelois, qui allaient connaître un réveil tardif des terrasses et de divers événements en plein air. De quoi réjouir les organisateurs de *Festi'neuch*, le festival de musique qui fêtait sa dix-septième édition.

Celui-ci se déroulait sur les Jeunes-Rives, dans un cadre idyllique au bord de l'eau. Les deux premiers soirs avaient déjà connu un succès retentissant, avec des têtes d'affiche comme Placebo et Muse pour la pop anglaise, ainsi que Calogero et Mylène Farmer pour la chanson française.

La soirée du samedi était plutôt consacrée au rap et au hip-hop, soit un rendez-vous qui attirait généralement une foule plus jeune qu'en semaine.

Ce programme n'était pas trop du goût de Walker, déjà passablement énervé et fatigué de ne pas avoir dormi correctement depuis quarante-huit heures.

Son appartement – héritage familial depuis plus de quatre générations – se situait dans le quartier bourgeois des Beaux-Arts, à deux pas de l'enceinte du festival. Durant ce week-end prolongé, les habitants des somptueuses demeures en pierre jaune de Hauterive étaient exposés au risque de passer trois nuits blanches en raison des décibels. Plusieurs d'entre eux en profitaient d'ailleurs pour quitter la région, ce qui n'était pas le cas de Walker.

Sur le chemin de son domicile, il pesta intérieurement en entendant les premiers groupes de la soirée se produire sur les trois scènes de la manifestation. La musique semblait à son paroxysme. Les basses inondaient le quartier des lycées et de l'université. De lointains rythmes sourds remontaient même jusqu'à la gare.

Une charmante nuit en perspective.

La troisième d'affilée.

Et non des moindres.

Walker quitta l'esplanade de la gare et descendit en direction du lac en empruntant la ruelle Vaucher. Dans un sombre recoin, à l'abri d'un platane, il croisa deux Africains de l'ouest qui lui proposèrent de la cocaïne. D'abord d'un clin d'œil furtif, puis carrément ouvertement.

Insistants, les gars !

Affichait-il réellement une tête de drogué ? Fatigué chronique, il savait qu'il avait parfois l'air d'une épave. Mais à ce point ?

Tout de même…

Il les remercia assez peu courtoisement, puis sortit son téléphone portable de la poche de son pantalon. Les deux illégaux prirent peur, pensant qu'il allait appeler la police. Il les vit s'éloigner en pressant le pas à travers des jardins privés. Il s'en amusa intérieurement, avant de ranger son mobile qui faisait office de montre.

21 : 34

Il avait manqué le début du téléfilm du samedi soir, un navet policier typiquement américain qui aurait au moins eu le mérite de mettre son cerveau sur *off*.

Et merde…

Une fois de plus – il en était conscient et le craignait – la solitude ne lui laisserait aucun répit. Sadiquement, elle allait travailler son esprit et le confronter aux fantômes de son passé. À sa famille. À la Laponie. Là où tout avait basculé.

Lorsqu'enfin il parvint au bas de la ruelle Vaucher, à la hauteur de l'ancien Gymnase cantonal aujourd'hui rebaptisé lycée Denis-de-Rougemont, il fut pris d'une désagréable sensation, celle d'un regard étranger pesant sur ses épaules.

Il pensa d'abord aux deux dealers blacks, mais il se ravisa très vite. L'impression était plus sournoise. Comme une violation crasse de sa sphère intime.

On l'observait.

On l'épiait.

On le sondait.

On le suivait.

Il fut saisi d'une soudaine crise d'angoisse. La peur de l'agression, d'un déchaînement de violence gratuite. Il pensa à un toxicomane en mal d'argent, prêt à tout pour acheter sa dose. Après tout, là où il y avait de l'offre, il y avait de la demande. Le raisonnement était logique. Mais il se rendit compte que ce n'était pas ça non plus.

On ne cédait pas à la précipitation.

On réfléchissait.

On l'évaluait.

On cherchait à savoir qui il était, ce qu'il faisait, où il habitait.

À la hauteur de l'ancien conservatoire de musique, Walker traversa la rue et pressa le pas en direction du casino de la Rotonde. À sa droite, la terrasse du bar *Le 21* accueillait encore quelques étudiants peu intéressés par la soirée hip-hop de *Festi'neuch*. Les bières s'entrechoquaient, les rires fusaient et on profitait des premières chaleurs de l'été au son d'une douce musique latino.

Il longea le Jardin anglais, passa à côté du terminus du Fun'ambule – le funiculaire qui reliait la gare à l'université –, puis il traversa l'avenue du Premier-Mars. Sur sa gauche, le haut clocher de l'Église rouge se détachait dans le crépuscule. Bâti au XIXe siècle, l'édifice néogothique classé monument historique était l'un des plus beaux de Suisse et même d'Europe.

Entre l'ancien bâtiment de la faculté de droit et le bar *Au Galop* – où il eut une pensée émue pour Sergio, son tenancier qui avait côtoyé toutes les générations de juristes en herbe depuis trois décennies – il stoppa net et regarda derrière lui.

Il ne vit que des jeunes en tenues hip-hop, certains déjà ivres, qui allaient et venaient. Ils ne faisaient pas attention à lui. Ils l'ignoraient proprement, lui qui n'était ni de leur génération, ni de leur monde.

La menace ne venait pas d'eux. Elle était cachée dans l'ombre, plus discrète, plus sournoise. Elle présentait les traits invisibles d'un fantôme du passé.

Le danger était réel.

Il était mortel.

Il le ressentit au travers d'un frisson, qui le parcourut de la tête aux pieds.

À l'angle de la rue des Beaux-Arts, Walker jeta un coup d'œil sur sa droite, en direction de son domicile. Celui-ci lui parut lointain. La rue transversale, parallèle à la grande avenue, était trop calme, déserte et plongée dans une pénombre angoissante. Les voitures garées de part et d'autre semblaient menaçantes. Elles constituaient autant de cachettes propices à un guet-apens.

D'où proviendrait l'attaque ?

Comment ?

Verrait-il l'ennemi arriver ?

Le sentirait-il dans son dos ?

Trop tard ?

La peur l'envahit soudain.

L'accès à son domicile passait par ce défilé des Thermopyles, cet obscur coupe-gorge où il n'y avait nul refuge, nul témoin. Cette rue ne lui disait rien qui vaille.

S'il lui fallait affronter l'ombre suiveuse, il en déduisit qu'il aurait plus de chances de le faire en pleine lumière, au milieu de la foule. En désespoir de cause, son regard se tourna vers les Jeunes-Rives.

Les *beats* sourds firent accélérer son rythme cardiaque et le guidèrent jusqu'à l'entrée du festival. Il acheta machinalement un billet aux caisses et se glissa dans la file d'attente. Son cerveau se mit à bouillonner.

Était-il victime d'une crise de paranoïa ?

Une forme de délire de la persécution ?

Il regarda une nouvelle fois autour de lui, fixa tour à tour plusieurs visages, mais aucun d'eux ne déclencha en lui un quelconque signal d'alarme. Pourtant, ce n'était pas la première fois qu'il éprouvait cette étrange sensation. Ça faisait déjà quelques jours qu'il se sentait épié, suivi, menacé.

Il progressa lentement vers les structures métalliques du portail d'entrée, au milieu des rires et de la bonne humeur des festivaliers. Il tendit son billet d'entrée à une hôtesse, jeune étudiante engagée comme bénévole, puis fut palpé au corps par un agent de sécurité. Cette fouille le rassura, car son éventuel suiveur y serait également soumis.

Une fois dans l'enceinte de *Festi'neuch*, il se retrouva plongé dans un univers festif, à l'opposé de l'obscurité et de la tranquillité de la rue des Beaux-Arts.

Dans ce monde qui n'était pas le sien, il fut happé par un vertigineux tourbillon de décibels, de jeux de lumière, de vêtements exagérément amples, de casquettes à l'envers sur la tête de gamins boutonneux et d'odeurs de marijuana.

*

Au même moment, plus à l'ouest…

Marc Boileau reposa sa bière et regarda une nouvelle fois l'écran désespérément noir de son portable. Ça faisait plus d'une heure qu'il attendait un appel. C'était devenu pour lui comme une obsession, qui l'empêchait d'admirer le paysage s'offrant à lui.

Le restaurant de la plage de Saint-Aubin était son favori depuis plusieurs années, avec son cadre idyllique au bord du lac et sa fidèle carte aux trois spécialités : tartare de bœuf au piment oiseau, filets de perches et cuisses de grenouilles à la persillade.

— Tu prendras comme d'habitude, Marc ? lui demanda Bebel.

— Non merci, répondit le commissaire de la police neuchâteloise. Pas ce soir. Je n'ai pas faim.

— Des soucis ?

— On peut dire ça comme ça.

— Ta femme ?

— J'attends des nouvelles de l'hôpital.

— Rechute ?

— Ouais.

— Grave ?

— On le saura après l'opération.

— Dans ce cas, qu'est-ce que tu fous ici ? Tu devrais être à l'hôpital, auprès d'elle.

— J'en viens. On m'a prié d'aller faire un tour, plutôt que de faire inutilement les cent pas dans les couloirs. De toute façon, je ne peux pas la voir avant qu'elle ne sorte de la salle de réveil.

Boileau soupira et conclut :

— Pour autant qu'elle se réveille…

Bebel le secoua amicalement en l'agrippant par les épaules.

— Arrête de dire des conneries ! tenta-t-il de le rassurer. Aline est forte.

— Elle l'était avant cette rechute.

— Elle l'est toujours.

— Je l'espère. Car si elle meurt, je ne sais pas ce que je vais devenir. Déjà que j'ai du mal à accepter cette putain de retraite qui pointe le bout de son nez…

— C'est pour quand ?

— Fin de cette année.

— Déjà ?

— Oui. J'ai voulu profiter des dispositions transitoires de la nouvelle caisse de pensions, mais c'était en comptant avec Aline. Sans elle, je n'ai plus personne. Et c'est trop tard pour faire marche arrière avec ma démission. Si elle meurt et que je me retrouve tout seul face à l'oisiveté, je ne donne pas cher de ma peau.

Drapé de son tablier blanc de chef, Bebel repartit en cuisine et en revint avec une bière, qu'il offrit au policier. Le regard de ce dernier voguait à l'horizon, au-delà des flots qui lui avaient rendu plusieurs cadavres durant sa longue carrière.

Outre les enfants qu'il n'avait jamais eus en raison de la stérilité d'Aline, les fantômes du passé de Marc Boileau se matérialisaient dans tous les morts qu'il avait croisés dans sa vie de flic. Ça représentait plus d'une centaine de levées de corps au total. Elles étaient de tout genre, des homicides aux décès naturels, en passant par les suicides, les accidents et les overdoses. La grande faucheuse ne lui avait rien épargné.

Ces cadavres qui lui souriaient et parfois lui parlaient, il les revoyait régulièrement, aux abords des routes du canton, dans des appartements insalubres de toxicomanes, en forêt ou – comme en cet instant – flottant entre les roseaux des rives du lac, la peau violacée, l'abdomen gonflé de gaz et les membres prêts à se détacher du buste à cause d'une décomposition avancée.

Il ne les comptait plus.

Ils faisaient partie intégrante de sa vie de tous les jours.

Matthieu, surpris par un violent coup de joran et tombé de son voilier en perdition, retrouvé quatre jours plus tard.

Jonas, qui s'était jeté dans les eaux glacées du port de Cortaillod suite à une douloureuse séparation d'avec son épouse.

Amélia, morte à l'aube de ses quinze ans, un soir trop arrosé, avait coulé à pic au large du radeau de la plage de Saint-Blaise.

Robert, surpris par une défectuosité de son matériel de plongée au large de La Tène, remonté trop rapidement à la surface.

Karim, sept ans et demi, que le gardien de la piscine d'Engollon n'avait jamais vu partir au fond pour ne plus remonter.

Aurélie, Jacques, Alain, Yasmine, Gérard, Emma. Tant d'autres.

Et aujourd'hui Frank, véliplanchiste porté disparu durant dix-sept jours, qui le regardait fixement depuis ces roseaux à l'ouest de la plage de Saint-Aubin.

Paix à ton âme, Frank !

Et maintenant, fous-moi la paix…

Le commissaire regarda une nouvelle fois son portable. L'écran demeurait noir et muet. Les médecins comprenaient-ils son angoisse ? Il en doutait.

*

Jusqu'à l'entrée de Walker dans l'enceinte de *Festi'neuch*, tout avait paru sous contrôle. Mais après ?

Avec le cadavre du jeune rappeur à ses pieds et le blond Finlandais tremblant sur sa droite, il tentait maintenant de remonter dans ses souvenirs, jusqu'à l'instant fatidique où tout avait dérapé.

Mais il y avait cette voix, qui le perturbait sans cesse dans ses efforts de mémoire, en répétant inlassablement :

Qu'est-ce qui s'est passé en Laponie ?

4

Les valises gonflées de vêtements chauds avaient trouvé leur place dans le coffre de la Lexus. Avant le lever du jour, le puissant SUV avait quitté le quartier des Beaux-Arts et la ville de Neuchâtel en direction de l'est, emmenant à son bord les cinq membres de la famille Walker.

— Tu t'es remise de ton cauchemar ? s'enquit Rolf auprès de sa passagère, en prenant la route de Berne.

Sandra maugréa.

— De quoi as-tu rêvé ? insista-t-il.

— Je ne m'en souviens pas, mentit-elle.

Il comprit qu'elle ne voulait pas en parler, ce qu'il respecta.

Sur le siège arrière, Samuel et Alia étaient obnubilés par l'écran tactile de leurs tablettes numériques. Leurs engins connectés étaient reliés à la batterie de la voiture par la prise de l'allume-cigare. Assis entre ses frère et sœur sur un rehausseur, le petit Quentin s'amusait avec un avion Lego.

Au fil des kilomètres, sur le trajet menant à l'aéroport de Zürich-Kloten, la fine pellicule de neige tombée durant la nuit s'amenuisa et disparut. Le plateau suisse subissait de fortes pluies depuis plusieurs jours.

Sandra se retourna et s'adressa à sa fille.

— Tu te réjouis de voir des huskies, mon ange ?

Son frère aîné répondit à sa place, d'un air ironique.

— Je ne sais pas qui des chiens de traîneau ou de leur maître ma chère sœur se réjouit le plus de rencontrer.

— Tais-toi ! l'interrompit sèchement Alia, visiblement agacée.

— Tu *tchates* pas avec lui en ce moment ? la provoqua Samuel.

— Bien sûr que non ! Il n'y a pas de wi-fi dans la voiture.

La jeune fille rougit.

— De qui parlez-vous ? demanda Sandra.

— De personne, répondit Alia.

— De son amoureux, renchérit son frère.

— Tu as un amoureux ? s'étonna sa mère.

— Non.

— Bien sûr que si ! insista son frère. Elle a un amoureux transi. Un beau Finlandais, avec lequel elle *tchate* en cachette depuis plusieurs semaines.

— Ta gueule ! s'énerva l'adolescente. Ce n'est pas mon amoureux. C'est juste un ami.

— Un ami ? rigola Samuel. Mais tu ne l'as jamais vu. Tu ne le connais même pas.

— Il s'appelle Erik.

— Pour de vrai ? Ou c'est juste un pseudo sur Internet ?

— Je ne sais pas. Mais il est cool.

— Sur la Toile, peut-être. Mais est-ce le cas dans la réalité ?

— Tu n'es qu'un gros jaloux, Sam. Parce que j'ai pu établir un contact avec quelqu'un avant notre voyage et pas toi.

— N'importe quoi…

— Ça suffit ! intervint fermement Rolf en agrippant le volant des deux mains et en fusillant ses enfants du regard à travers la glace du rétroviseur central. Vous êtes deux idiots ! Vous vous chamaillez comme des enfants de dix ans et vous m'empêchez de me concentrer sur la route.

Walker jeta un coup d'œil aux panneaux indicateurs – ils approchaient du contournement de Berne, la capitale – puis il reprit, l'air songeur :

— Je n'ai pas suivi toute votre discussion, Alia. Mais il me semble que ta mère et moi, nous vous avons toujours mis en garde et, en particulier, interdit de *tchater* sur Internet avec des inconnus, non ?

La jeune fille soupira.

— Je n'ai plus douze ans, papa.

— Non, mais tu es encore mineure et tu vis sous notre toit. Ça fait au moins deux bonnes raisons de continuer de nous écouter et de nous obéir.

— Elle ne l'a pas fait, railla Samuel.

— Parce que toi, tu es sans doute parfait ? contre-attaqua sa sœur.

— Probablement pas. Mais moi, je ne vais pas me faire violer par un pervers.

— Erik n'en est pas un ! Il est romantique et galant. D'ailleurs, tu ferais bien de prendre quelques cours en la matière, au lieu de parler ainsi de quelqu'un que tu ne connais même pas.

Le jeune homme ricana.

— Merci de la confirmation, sœurette. Tu es amoureuse de lui.

— Laisse donc ta sœur tranquille, intervint calmement Sandra. Les filles sont en général plus sensibles que les garçons face à certains arguments du sexe opposé.

— Ah ça, c'est vrai que toi, tu sais de quoi tu parles, maman chérie…

L'ironie glaciale et soudaine de Samuel jeta un froid dans l'habitacle de la Lexus, empêchant toute suite constructive à la discussion. Plus personne ne parla durant de nombreuses minutes. La remarque cinglante avait blessé Rolf et Sandra, mais ni l'un ni l'autre n'avait jugé bon de répliquer.

Seules les onomatopées de Quentin jouant avec son avion Lego empêchaient d'entendre une mouche voler.

*

Lorsque le vol charter d'Edelweiss toucha le tarmac gelé de l'aéroport de Kittilä, au nord-ouest de la Laponie finlandaise, le crépuscule avait déjà envahi le cercle polaire. Il n'était pourtant que trois heures de l'après-midi.

Sur leur gauche, par les hublots de l'Airbus A320, les Walker perçurent une colline blanche lardée de points lumineux, sous un ciel violacé. Le monticule n'avait rien à voir avec les Alpes. Il constituait un promontoire visible à des lieues à la ronde, dans un décor de vastes plaines partiellement arborées et recouvertes de neige.

— C'est quoi ? demanda Quentin.

— Le domaine skiable de Levi, répondit son père.

— C'est là que nous allons ?

— Non. Nous devons prendre un bus qui nous conduira à Äkäslompolo. C'est un petit village qui se trouve à une cinquantaine de kilomètres d'ici.

— On ne va pas faire du ski ?

— Pas du ski de piste, Quentin.

— Pourquoi ?

— Parce que nous avons tout loisir d'en faire en Suisse le reste de l'hiver. En Laponie, il y a bien d'autres choses à faire.

— Comme quoi ?

— Du ski de fond, de la motoneige, du chien de traîneau, du renne…

— On peut même en manger ! le coupa Samuel, un brin sarcastique.

— Quoi, du chien de traîneau ? s'inquiéta son jeune frère.

— Non, rigola l'adolescent. Du renne. Il paraît que les Lapons l'apprêtent à toutes les sauces. Ils en mettent même sur les pizzas et dans les burgers.

— Je ne te crois pas. Tu mens. Tu me fais marcher, lui reprocha Quentin.

— Nous verrons ça, le rassura sa mère. En attendant, n'oublie pas de remettre ton avion Lego dans ton sac à dos.

Les passagers ramassèrent leurs bagages à main et se mirent en file indienne dans le couloir central. Lorsque la porte avant de l'Airbus s'ouvrit, un courant d'air froid envahit la cabine.

Sandra s'assura que la doudoune de son fils cadet était bien fermée jusqu'à la base du cou, puis elle invita ses deux aînés à faire de même.

À la sortie de l'avion, l'air extérieur piquait la gorge et les narines. Les hôtesses et les stewards saluèrent les Walker au moment où ils empruntèrent les escaliers de la passerelle donnant accès au sol finlandais.

— Quelle température fait-il ? demanda Rolf au chef de cabine.

— Moins vingt-deux degrés, monsieur. Bon séjour en Laponie.

Un peu plus loin sur le tarmac, un tanker aspergeait d'antigel les ailes et les volets d'un autre Airbus prêt au décollage. Le liquide dégageait une fumée opaque au contact du métal glacé.

Les passagers furent invités à rejoindre l'aérogare à pied, tandis que le personnel de piste déchargeait les bagages de la soute de l'A320 sur un chariot.

Bordé de conifères et de bouleaux recouverts de neige, l'aéroport de Kittilä semblait se trouver en pleine nature. Seul le grand hall vitré des départs et des arrivées le rattachait à la civilisation.

*

Après les formalités douanières, la famille Walker récupéra ses bagages, puis regagna la pénombre et le froid polaire, de l'autre côté de l'aérogare.

Un tapis blanc cachait la moindre parcelle du bitume des grands parkings jouxtant la piste. En cet endroit, des bus alignés en épi attendaient les passagers.

La main devant la bouche pour filtrer l'air glacial qu'il inspirait, Rolf chercha la bonne correspondance. Certaines navettes reliaient l'aéroport au centre-ville de Kittilä. D'autres affichaient des destinations à la consonance parfois imprononçable.

Quand enfin il trouva le bus qui se rendait à Äkäslompolo, il fit signe à son épouse et à ses trois enfants de le rejoindre. Par chance, il ne neigeait ni ne ventait. La température négative et la nuit précoce constituaient déjà des obstacles suffisants.

La démarche de Sandra s'avérait peu sûre sur la route verglacée. Quentin souffrait visiblement du froid qui envahissait ses bronches à chaque respiration. Quant aux deux adolescents, ils donnaient l'impression de ne pas avoir surmonté leur dispute du matin. Leurs chuchotements ne parvenaient toutefois pas aux oreilles de leurs parents.

— Tu ne sais même pas à quoi il ressemble, ton Erik, railla Samuel.

— Et qui te dit que je ne l'ai jamais vu ? rétorqua Alia.

— En photo, peut-être. Mais sur Internet, c'est si facile de tricher. Si ça se trouve, il t'a envoyé l'image d'un beau jeune homme blond et musclé, alors qu'en réalité, c'est un sexagénaire ridé et rabougri.

Agacée, la jeune fille afficha soudain une moue provocatrice.

— Et si je te disais, grand frère adoré, que je l'ai déjà rencontré…

— En vrai ?

— En chair et en os.

— Je ne te croirais pas.

Elle prit un malin plaisir à ajouter :

— Et qu'on a même fait l'amour…

Le visage de Samuel se crispa, tandis que sa sœur glissait sensuellement son index droit sur le bord de ses lèvres. Le bout de sa langue caressa le cuir de son gant.

— Dans tes rêves, pauvre tarée ! s'énerva l'adolescent.

Elle éclata de rire.

— Tu es jaloux ?

— Pis quoi encore !

— Il m'a fait des choses… Même toi tu ne sais pas ce que c'est.

— Arrête ton délire, Alia. Tu devrais faire gaffe avec la *beuh*. Tu en fumes trop.

Ce fut au tour du visage de la jeune fille de se refermer tout à coup.

— Moins fort, gros débile ! chuchota-t-elle irritée. Les ancêtres vont nous entendre. Si je tombe pour la fumette, tu tombes avec moi. Je te le garantis.

Samuel ricana. Il adressa un discret doigt d'honneur à sa sœur, puis la distança pour rejoindre ses parents près du bus. Il aida sa mère à charger une valise dans la soute avant de se rendre devant le véhicule où était son père, qui s'inquiétait du scepticisme du chauffeur traficotant dans le moteur. Étonné, il regarda le capot ouvert.

— Un problème, papa ? demanda-t-il.

— Il semblerait que la batterie soit morte, répondit Rolf. Pas étonnant, avec ce froid de canard.

L'éclairage public arrosait le parking de ses pâles halos orangés. Les autres bus quittaient l'endroit les uns après les autres.

— Ne me dis pas que nous allons rester en rade ici. Nous serions transformés en glaçons en moins de dix minutes.

— Je ne sais pas, répondit son père, visiblement peu rassuré. Dis à ta mère, à ta sœur et à ton frère de se mettre à l'abri dans le bus. On verra bien.

Les autres membres de la famille Walker s'exécutèrent, tandis que Rolf demeurait aux côtés du chauffeur, qui cherchait désespérément à redonner vie au moteur de son engin. Il tenta une phrase en anglais, mais constata que son interlocuteur ne devait parler aucune autre langue que le finnois.

Génial…

Cherchant du regard autour de lui, il constata que les parkings s'étaient peu à peu vidés. Aucune aide providentielle ne s'affichait dans le décor. Les Walker étaient-ils donc les seuls à se rendre à Äkäslompolo ? Apparemment, oui. Un bus vide de cinquante places, uniquement pour eux, mais en panne. Décidément, les vacances débutaient bien.

Ironiquement, Sandra n'hésiterait pas à le lui reprocher, elle qui était opposée depuis le début à ce voyage. Il regarda son épouse à travers les vitres du bus. Elle remua les lèvres, mais il ne sut lire sur celles-ci. Ce n'était pas important. Elle rouspétait comme d'habitude. Il imagina ses mots et ça lui suffit. Pourtant, malgré tout – malgré les obstacles que le couple avait traversés – il l'aimait, d'un amour sincère et profond.

Elle était belle, avec ses grands yeux bleus et ses longs cheveux blonds tombant sur son capuchon bordé d'hermine et sa doudoune bleue cintrée à la taille. Les années semblaient ne pas avoir d'emprise sur elle. Elle demeurait la femme qu'il avait connue au lycée et embrassée pour la première fois devant le vieux baraquement d'un camp de ski d'une station des Alpes valaisannes.

Elle lui avait donné trois beaux enfants. Les aléas de la vie avaient certes failli briser leur union quelques années auparavant, mais ils avaient réussi à surmonter l'épreuve. Alia et Quentin ne connaissaient pas l'histoire. Samuel aurait dû l'ignorer lui aussi, s'il n'y avait pas eu cette malheureuse dispute l'année dernière, quand Rolf avait crié un peu trop fort. Il s'en voulait encore.

5

Dis-le-moi, Walker ! Ose ! Raconte-moi ce qui s'est passé en Laponie !

Putain de contrée sauvage...

Putain de pays froid...

Putain de voix...

À ses pieds, le sang du rappeur coagulait déjà dans la chaleur de la nuit, comme celui de la précédente victime et de tous les autres innocents avant eux.

Jetant un coup d'œil furtif au Finlandais qui tremblait à ses côtés, il tenta de remonter dans ses souvenirs jusqu'à l'instant fatidique où, ce soir, tout avait dérapé.

Le film se rembobina.

Tout ce sang. Tous ces cris. Les coups de feu. Les lumières aveuglantes dansant en un *show* multicolore. Les *beats* assourdissants. La grande scène. La foule des anonymes sous le chapiteau et avant eux, le jeune chanteur, l'agent de sécurité, le technicien et la première victime du hasard, provoquée par ce crétin de Finnois. À moins que l'autre Nordique n'ait été touché en premier.

Bon sang, mais qu'est-ce qui leur avait pris à ces deux individus ? Pourquoi l'avaient-ils suivi dans les rues de Neuchâtel, jusque dans l'enceinte du festival ?

Par leur bêtise, ils avaient semé la mort comme les cailloux du Petit Poucet et rien ne pouvait désormais annihiler le carnage. Il était trop tard pour remonter le temps et modifier le cours des choses. Walker ne pouvait que se préparer à mourir.

*

Plus tôt dans la soirée…

Ayant fui l'obscurité et la fausse tranquillité de la rue des Beaux-Arts, et cherché à éviter le coupe-gorge qui menait chez lui, Walker s'était retrouvé plongé malgré lui dans un univers festif, dans une orgie de décibels, de jeux de lumière, parmi une foule à la moyenne d'âge frisant la majorité et d'odeurs suaves de marijuana.

Festi'neuch, c'était aussi ça. Spécialement le soir consacré au hip-hop.

Dans un premier temps, au milieu de la foule, il se sentit en sécurité. Il éprouva cette douce – mais fallacieuse – impression d'être enveloppé d'un cocon protecteur. Personne n'oserait s'en prendre ouvertement à lui dans ce cadre populaire, avec ce grand nombre de témoins potentiels.

Peu après l'entrée du festival, deux jeunes filles souriantes, en tenues publicitaires *flashy*, lui tendirent des paquets de chewing-gums et des bouchons auriculaires. Il les remercia d'un rictus pincé et fourra les deux emballages dans une poche de son pantalon. Puis il se dirigea vers les rives du lac.

Parvenu à un stand auréolé de panneaux à l'effigie d'un gros sponsor de la manifestation et jouxtant le chapiteau qui abritait la scène principale, il s'accouda au bar et commanda une bière. Stressé, il ne prêta aucune attention au serveur et à la monnaie que ce dernier lui rendit. Toute son attention demeurait focalisée sur l'entrée du festival.

Une par une, il dévisagea chaque personne qui franchissait l'imposant portique d'accès. Tout le monde subissait une fouille au corps par le service de sécurité. Les sacs devaient être présentés ouverts, afin que leur contenu puisse être vérifié. Parmi ce flux de nouveaux arrivants, Walker tenta d'identifier la menace qu'il ressentait.

En vain.

Peut-être à tort, il négligea les jeunes têtes coiffées de casquettes pour se concentrer sur celles qui – tout comme lui – détonnaient par rapport au look général de la soirée. Intuitivement, il cibla les personnes plus âgées que la moyenne. Pourtant, même en sélectionnant les gens selon ce critère, cela représentait encore un nombre trop élevé de personnes pour espérer qu'aucune d'elles n'échappe à sa vigilance.

Le flux des festivaliers demeurait constant et inondait petit à petit les Jeunes-Rives. Par chance, le temps était sec, ce qui limiterait les dégâts aux pelouses et aux chemins de la principale zone de détente de la ville estudiantine, située à proximité immédiate des lycées et de l'université.

Les jours où *Festi'neuch* ne monopolisait pas les rives du lac, celles-ci se transformaient en une vaste plage urbaine, où des centaines de baigneurs côtoyaient les étudiants révisant leurs examens au soleil.

Walker imaginait ces flâneries estivales, lorsqu'il entendit un violent claquement. Il sursauta et manqua de renverser sa bière. La détonation fut aussitôt suivie d'une intense vibration sonore.

Tous les regards autour de lui se tournèrent simultanément vers la grande scène, qui s'illumina.

— Ça commence ! lâcha une jeune fille à l'intention de son ami, tout en entraînant ce dernier par le bras en direction de l'immense chapiteau.

Il y eut un mouvement de foule. De toutes parts, un déferlement de personnes inonda la tente, désertant progressivement les stands qui l'entouraient.

L'engouement était évident.

— C'est qui ? demanda Walker au serveur.

— Michigang.

— Michigan ?

— … gang, avec un « g » à la fin. C'est un groupe neuchâtelois.

— Connais pas, maugréa Walker.

— Vous devriez. Ça déchire. Ils ont gagné plusieurs prix ces trois dernières années. Ce sont des jeunes de la région, qui montent. Ce n'est pas pour rien qu'ils assurent la première partie de Maître Gims.

— Maître Gims ?

— Un des chanteurs de Sexion d'Assaut.

Walker eut un geste significatif à l'intention du jeune serveur. Ça voulait dire :

Laisse tomber !

Je suis trop vieux pour ces conneries…

… Et d'ailleurs, je ne suis pas là pour ça !

Il se concentra de nouveau sur l'entrée du festival – en réalité, il ne l'avait pas vraiment quittée des yeux en discutant avec le jeune homme – et c'est là qu'il repéra la menace, parmi une foule de plus en plus excitée par la montée en puissance des *beats*.

C'était lui.

C'était bien lui.

Il n'y avait pas de doute.

Ce géant aux cheveux blonds, incarnation du Mal, remontait des tréfonds de son passé. Un passé pourtant pas si lointain, qu'il avait tenté d'oublier.

Walker frissonna.

Sans quitter le Lapon des yeux, il termina sa bière d'un trait, puis se mêla à un groupe proche de lui. Fondu dans la masse, dans la pénombre du stand, il parviendrait à surveiller son suiveur à distance, sans se faire repérer. Le décor le dissimulerait aux yeux de cet homme, dont il ne devinait pas encore les desseins.

À l'évidence, le gars l'avait perdu. Il en fut partiellement soulagé. Il venait de gagner un moment de répit pour réfléchir à la situation et agir au mieux en conséquence.

Son traqueur allait-il maintenant chercher sous le chapiteau, parmi la foule compacte et hystérique ? Ou allait-il jouer au même « jeu » que lui, et se positionner dans un endroit discret pour attendre que l'adversaire bouge en premier ?

Walker gardait les yeux rivés sur la menace, comme la tête chercheuse d'un missile sur une cible marquée au laser. Peut-être devrait-il fondre sur cet homme sans attendre ? Ce dernier venait de subir une fouille à l'entrée. Il ne pouvait donc pas être armé. Peut-être était-ce le bon moment pour le prendre par surprise ?

Il se ravisa. Un objet de petite taille aurait pu échapper aux agents de sécurité chargés de palper des milliers de personnes à la suite. L'attention devait forcément se relâcher à un moment ou à un autre. C'était humain. Et cet homme était peut-être un pro entraîné à la dissimulation d'armes.

L'attaquer de front constituait à l'évidence un risque mal calculé.

La seule certitude de Walker, c'était que cet ennemi était dangereux. Son instinct de survie l'avait averti, dès qu'il avait atteint le bas de la ruelle Vaucher un peu plus tôt dans la soirée. Par chance, il n'était pas rentré chez lui. S'il l'avait fait, il serait peut-être mort à l'heure actuelle.

Le passé lui avait appris à se méfier de toute anomalie, à tel point qu'il avait acquis auprès de son entourage la réputation d'une personne paranoïaque.

Cette étiquette psychiatrique avait fini par l'isoler du reste de sa famille, de ses amis et de ses contacts professionnels. Aujourd'hui cependant, elle lui sauverait peut-être la vie. Ses détracteurs avaient eu tort. Il n'était pas malade, simplement lucide.

Puisque le Mal était là.

À quelques mètres de lui.

Le géant blond s'approcha de l'endroit où il se trouvait, s'arrêta et regarda sur sa droite, en direction du village des stands remplis de babioles festivalières, vêtements bariolés et autres lunettes de soleil originales. Il cherchait sa cible parmi les rares clients qui ne s'étaient pas précipités sous l'imposant chapiteau de la grande scène.

Constatant que Walker ne s'y trouvait pas, il revint sur ses pas en direction du lac et se dirigea vers le village gourmand. Là, il stoppa à nouveau et dévisagea les gens faisant la queue aux stands de saucisses, sandwichs, foie gras et autres baraques à frites. Après ce nouvel échec, il poursuivit son chemin en direction de la scène Lacustre.

Le voyant s'éloigner dans la foule, Walker éprouva un sentiment partagé entre panique et soulagement. Il fut à la fois rassuré de voir la menace s'éloigner et effrayé à l'idée de la perdre de vue. Il prit la décision de filer le Lapon, afin que ce dernier ne puisse pas le surprendre ultérieurement.

Par chance, il était grand. Plus d'un mètre quatre-vingt dix. Il lui fut donc relativement aisé de le suivre discrètement. Le chemin de terre battue les mena au sud du bâtiment de la faculté des lettres.

À hauteur de la scène Lacustre, le géant blond afficha un comportement surprenant. Il bifurqua tout à coup en direction du nord, d'un pas décidé. À l'évidence, il avait l'air de savoir où il se rendait – et ce n'était plus à la recherche de sa cible, puisqu'il ne pouvait qu'ignorer qu'elle se trouvait derrière lui. Il contourna le chapiteau de la petite scène et gagna le grillage de l'enceinte. À l'abri du monde, le doute parut le saisir à nouveau. Il regarda à droite, puis à gauche, comme s'il cherchait un endroit précis.

Walker l'observa, tapi dans un recoin de la tente, sous laquelle un groupe électro parisien se préparait pour assurer la liaison entre la fin du concert de Michigang et le début de celui de Maître Gims.

L'homme opta finalement pour sa gauche. Il passa derrière le périmètre réservé aux VIP. Walker le suivit. Parvenu derrière la grande scène, le Finlandais s'accroupit au pied d'un poteau métallique de la clôture et fouilla une touffe de hautes herbes. Il en retira un petit sac en plastique.

L'enflure !

Il était facile de déjouer la sécurité, conclut Walker, qui le vit retirer de l'emballage un engin noir caractéristique, qu'il glissa dans la ceinture de son pantalon.

Une arme à feu.

Il n'y avait aucun doute.

Sa paranoïa devenait réalité.

Ses peurs abstraites, un danger concret.

Les balles que contenait cet automatique lui étaient destinées.

Le géant blond se releva et repéra un petit passage entre le grand chapiteau et le carré VIP. Il s'y glissa, visiblement dans l'intention de regagner la foule des festivaliers et d'y traquer sa cible.

Il paraissait décidé à se débarrasser d'elle en dépit du monde, faisant manifestement abstraction de tous ces témoins potentiels. Mais qui était-il donc pour oser prendre un tel risque ?

Walker repensa une seconde à la situation, au terrain de « jeu » qu'il avait lui-même choisi et sur lequel il s'était d'abord cru en sécurité. Un endroit surpeuplé. Éprouvant un frisson, il comprit qu'il s'était trompé. Le carnaval de Rio était l'une des manifestations qui attirait le plus de monde. Pourtant, il était le théâtre de nombreux règlements de comptes. Les fêtards ne voyaient rien et, la plupart du temps, brouillaient même les indices pour la police scientifique.

Il s'en voulut soudain, effrayé. *Quelle erreur de jugement !*

Comment la réparer ?

Son cerveau se mit à calculer les risques à grande vitesse. Il avait un avantage sur son adversaire. Il le voyait et l'autre ignorait qu'il était à seulement quelques mètres derrière lui. Cet avantage ne perdurerait probablement pas.

L'arme était rangée dans le pantalon du géant blond, peut-être avec le cran de sûreté engagé.

Le Lapon lui tournait le dos.

Il n'y avait pas à hésiter.

Sentant une bouffée d'adrénaline monter en lui, Walker se mit à courir et contourna l'angle du carré VIP. Il se retrouva soudain nez à nez avec son ennemi, qui venait de faire volte-face. Ce dernier afficha un rictus. Il plongea la main dans sa ceinture et dégaina le pistolet. Au moment où il voulut diriger le canon contre Walker, la main de celui-ci lui saisit le poignet. Une lutte acharnée s'engagea au corps à corps. Les deux hommes roulèrent au sol et un coup de feu éclata.

*

À la dixième sonnerie, on décrocha et une voix féminine annonça :

— Hôpital Pourtalès.

— Bonjour, c'est Marc Boileau.

— Bonjour monsieur, répondit la réceptionniste de façon légèrement robotique. Que puis-je pour vous ?

— Je viens aux nouvelles pour ma femme.

— Comment s'appelle-t-elle ?

— Aline. Aline Boileau.

— Elle est dans quel service ?

— Chirurgie.

— Un instant, monsieur Boileau.

Il y eut un clic, suivi d'une douce musique d'attente. Le policier proche de la retraite ne l'identifia pas, mais ce n'était pas important. La musique classique n'était pas son fort. Il lui avait toujours préféré la pop des années soixante-dix.

— Service de chirurgie, Noémie, répondit enfin une autre voix.

Il répéta sa demande.

— Votre femme est encore en salle d'opération, monsieur Boileau. Je regrette. Je ne peux malheureusement rien vous dire pour le moment. Il vous faut rappeler l'hôpital dans deux heures, pas avant.

— Merci…

Il raccrocha.

Encore en salle d'op… Ça ne sentait pas bon, mais les médecins l'avaient prévenu. Ce serait compliqué.

Comme si leur vie de couple ne l'avait pas déjà été assez, compliquée. Ils avaient connu tous les pièges qu'un couple peut rencontrer dans son existence. Mais ils y avaient survécu. Pas toujours sans casse ; le passé laissait des cicatrices.

— Des nouvelles de ta femme ? demanda Bebel.

— Pas encore. Donne-moi l'addition, s'il te plaît.

— Tu ne veux pas rester encore un peu ? Je t'offre un verre.

— Non merci. Je vais marcher au bord du lac. Ça me changera les idées…

Il repensa soudain aux noyés qu'il avait connus et qui l'épiaient depuis l'au-delà.

— Enfin peut-être, conclut-il.

Depuis les roseaux, le fantôme de Frank semblait toujours le fixer silencieusement. Le véliplanchiste apparaissait violacé et gonflé, à moitié décomposé dans sa combinaison de néoprène sale et déchirée.

Repose en paix, Frank...

... et fous-moi la paix !

Pas aujourd'hui !

Le spectre finit par s'évanouir dans la très légère brume qui flottait à la surface des eaux stagnantes.

Les morts étaient un peu ses enfants, ceux qu'il n'avait jamais eus. Ils vivaient toujours à ses côtés, où qu'il aille. Ils ne le jugeaient pas et n'attendaient rien de lui. En revanche, lui se demandait toujours ce qu'il aurait pu faire de plus pour eux et leurs familles, dans le cadre – et en marge – des enquêtes qu'il avait menées.

Ils étaient beaucoup moins turbulents que des enfants. Ils ne voyageaient jamais avec lui, sauf en pensée. Boileau les revoyait sur les lieux de chaque levée de corps, comme s'ils restaient à jamais liés à l'endroit du drame qui leur avait coûté la vie.

Le seul psychiatre à qui il en avait parlé était celui que le couple avait consulté à deux reprises. La première fois quand les médecins avaient diagnostiqué l'infertilité d'Aline vingt ans plus tôt et la seconde lorsqu'ils avaient détecté son cancer.

Ce psychiatre n'avait rien pu faire pour lui, sauf envisager une thérapie de longue haleine à laquelle il s'était toujours refusé.

À mon âge, c'est trop tard... pensait-il.

Il avait appris à vivre avec ces fantômes, comme le couple Boileau avait dû apprendre à envisager l'avenir sans enfant. Ça ne s'était pas fait sans mal. Il avait fauté une ou deux fois, mais pour une raison qui lui échappait – peut-être une forme de culpabilité en raison de son infécondité – Aline lui avait toujours pardonné ses infidélités.

Il n'avait jamais réussi à les lui cacher.

Il l'aimait trop.

*

Les décibels émanant de la grande scène couvrirent le bruit du coup de feu.

Par réflexe, les deux hommes cessèrent immédiatement la lutte. Sous l'effet mélangé de la surprise et de la peur, ils cherchèrent l'un et l'autre à savoir lequel des deux avait été touché.

La situation était très confuse, mais l'arme se trouvait dorénavant dans les mains de Walker. Reprenant ses esprits, celui-ci braqua le canon encore chaud sur le front du Lapon, qui ne réalisa pas immédiatement le retournement de situation, trop occupé à palper nerveusement son torse à la recherche d'une éventuelle blessure par balle.

Il ne ressentait aucune douleur, ne trouva pas la moindre tache de sang. Il n'avait pas été touché. Le projectile était parti ailleurs. Peut-être dans le sol. Peut-être en l'air. Peut-être dans la foule de l'autre côté de la toile cirée du chapiteau ou de la zone VIP. Aucun des deux hommes n'eut le temps ni la présence d'esprit d'y penser.

Le contact du métal brûlant contre la chair de son front rappela au Finnois une certaine réalité. Il grimaça, fronça méchamment ses sourcils et plongea un regard noir dans celui de Walker.

— Qu'est-ce que tu me veux ? aboya le Neuchâtelois.

Le Lapon ne répondit pas.

— Je te connais ! insista Walker.

— Moi aussi... murmura l'étranger avec un accent prononcé.

— Tu as détruit ma famille !

L'homme afficha un sourire de dément.

— Qu'en sais-tu ?

— J'en sais assez. Je sais que tu es ici pour finir le sale boulot que tu as commencé dans ton pays.

— Un boulot ? Quel boulot ?

L'ennemi le provoquait-il ?

Ce n'était pas très malin de sa part, avec un flingue braqué sur la cervelle et prêt à faire feu une seconde fois. Mais il était vrai que, dans les souvenirs de Walker, l'homme n'était pas des plus intelligents.

Il était même plutôt fou.

Il ricana.

Le Neuchâtelois s'énerva.

— Qu'as-tu fait à Alia, ordure ?

Sur la scène voisine, derrière la toile du chapiteau, le groupe Michigang chantait et dansait « avec les zombies ».

Des morts.

Encore des morts.

Toujours des morts.

Décidément, la grande faucheuse opérait partout en cette belle soirée de juin. Comme elle avait déjà semé sournoisement ses graines en Laponie.

Petit à petit, les souvenirs de Walker lui revenaient comme des boomerangs en pleine figure.

6

Le faisceau des phares du bus de remplacement balayait la route enneigée, tandis que la fatigue gagnait les membres de la famille Walker. Le stress de la panne à l'aéroport de Kittilä, combiné avec le froid intense et la nuit précoce, avaient eu raison des dernières forces de Quentin, qui s'était endormi sur le siège arrière.

Alia et Samuel ne disaient plus un mot depuis la sortie de la ville, où leur curiosité avait été piquée au vif par une série de motoneiges, qui faisaient la queue aux pompes à essence. Les bolides munis de patins à l'avant et d'une grosse chaîne centrale à l'arrière remplaçaient manifestement les voitures, qui étaient moins nombreuses sur les routes de Laponie que dans le reste de l'Europe.

Sandra s'émerveilla devant des jeux de lumières sur les bords de la route menant de Kittilä à Äkäslompolo. Des projecteurs éclairaient la forêt et ses arbres enneigés, ce qui conférait au paysage un caractère mi-féerique, mi-sinistre.

Le bus filait à vive allure à travers ce décor rappelant les films de Tim Burton. Le gros véhicule défiait l'état de la chaussée, dont le bitume demeurait enseveli sous un épais tapis blanc à perte de vue, pulvérisant des tourbillons de poudreuse dans son sillage.

À l'évidence, le chauffeur était habitué à conduire dans ces conditions. Le bus avala les cinquante kilomètres séparant les deux localités en moins de quarante minutes. À l'entrée d'Äkäslompolo, la pénombre qui avait envahi la nature sauvage laissa de nouveau place aux lumières des habitations, ainsi qu'à un éclairage public coloré et accueillant qui évoquait l'ambiance de Noël. Le chauffeur s'arrêta près d'un abribus pour prendre en charge un guide de l'agence de voyage locale. Celui-ci parlait parfaitement le français.

— Bienvenue en Laponie ! annonça-t-il avec le sourire aux cinq voyageurs perdus au milieu des cinquante places vides.

Il se présenta sous le prénom de Jyrki – c'est du moins ce que les Walker comprirent phonétiquement – et les informa qu'il avait étudié leur langue en Suisse romande et en France, dans le cadre de jobs d'étudiant. Il en avait conservé le look, avec son pantalon ample, son gros pull en laine à col roulé et ses longs cheveux blonds en pagaille, qui rappelaient ceux des surfeurs californiens ou des snowboardeurs de l'extrême.

— Comme nous avons pris du retard sur l'horaire, le bus va vous conduire directement à votre cabane.

Voyant que ses clients attendaient la suite, il ajouta :

— Demain, il viendra vous prendre à onze heures et demie pour vous conduire à notre agence, où nous vous offrirons le verre de l'amitié, avant le départ pour la ferme des huskies.

À peine avait-t-il évoqué les chiens de traîneau que le visage d'Alia s'illumina comme celui d'un enfant devant son cadeau de Noël. Son grand frère ne manqua pas de le remarquer.

— Tu vas enfin voir ton Erik, sœurette, railla Samuel. J'espère qu'il sera à la hauteur de tes attentes, avec ses soixante balais et ses airs de vieux pervers.

En guise de réponse, elle se contenta de lui sourire béatement. Toute parole aurait été inutile. Son expression parlait d'elle-même :

Ta gueule, gros débile !

L'adolescent éclata de rire, mais fut rappelé à l'ordre par son père.

— Ça suffit, Sam ! chuchota Rolf. Arrête de chercher ta sœur comme un gamin.

— C'est normal, papa, justifia Alia. Il est resté bloqué à l'âge mental de dix ans. C'est pas de sa faute, le pauvre…

Le regard de Samuel vira de l'amusement à l'énervement.

Pauvre conne !

*

Peu après l'entrée du village, le bus emprunta une route sombre, perpendiculaire à l'axe principal. Il s'enfonça dans une forêt et franchit un pont enjambant une piste de ski de fond éclairée, mais déserte.

Plus loin, il croisa quatre motoneiges, qui filaient en direction du centre de la localité. Leurs conducteurs étaient emmitouflés dans d'épaisses combinaisons prévues pour affronter le grand froid. Ils portaient des cagoules et des lunettes de tempête. Très rapidement, les faisceaux des phares des bolides disparurent dans la nuit polaire.

— Notre cabane est située en dehors de la ville ? demanda Rolf.

— Comme la majorité de nos locations, le complexe ne se trouve pas au centre, répondit Jyrki. Si vous voulez vous y rendre à pied ou en luge, il faut compter une trentaine de minutes.

— Quelle est la distance ?

— Environ un kilomètre, mais toutes les distances sont assez relatives dans notre pays. Il faut toujours compter avec la météo, la nuit et la température.

— Comment s'y rend-on ?

— Vous pouvez passer par cette route et bifurquer à droite à hauteur de l'hôtel Äkas, ou prendre par le lac. C'est plus direct.

— Par le lac ? s'étonna Sandra.

Son mari perçut chez elle une inquiétude, probablement liée à son cauchemar de la nuit dernière.

— Oui, madame. Par le lac. Mais je vous rassure, il est entièrement gelé. Sauf en un ou deux endroits, qui sont clairement signalés comme dangereux. Vous pouvez suivre sans crainte les pistes de ski de fond, en prenant soin de ne pas marcher sur les traces de la machine. Par courtoisie pour les skieurs, qui sont prioritaires.

— La glace est assez épaisse ?

Le guide rigola.

— Elle supporte le poids des motoneiges et de la dameuse qui trace les pistes de ski de fond.

— On peut y pêcher ? demanda Samuel.

— C'est possible, oui. D'ailleurs, si vous le faites, vous pourrez constater l'épaisseur de la couche de glace, que vous devrez retirer à l'aide d'un vilebrequin. Selon l'emplacement, elle peut atteindre plus d'un mètre.

— Où sont-ils, ces endroits dangereux ? s'enquit Rolf.

— Surtout près du village, répondit Jyrki. À cause de l'arrivée d'une petite rivière, dont le courant perturbe la glaciation. Encore une fois, le lieu est clairement balisé.

— De toute façon, je sais nager, intervint Quentin.

L'enfant venait de se réveiller et avait suivi la fin de la discussion.

— Tu sais, p'tit bonhomme, le prévint le guide, si tu tombes tout habillé dans de l'eau à cette température, tu te noies très rapidement. Même si tu t'appelles Michael Phelps.

— C'est qui ?

— Le meilleur nageur du monde.

— Dans ce cas, je n'irai pas sur ce lac.

— Tu peux y aller sans crainte, mais tu dois rester sur les pistes balisées.

— Et en dehors ? demanda Samuel.

— Vous pouvez vous y aventurer, mais j'éviterais de le faire sans raquettes. La neige recouvrant la couche de glace peut elle aussi atteindre un mètre d'épaisseur par endroits. Donc, à moins que vous ne vouliez prendre le risque de vous enfoncer jusqu'à la taille…

— Où peut-on trouver des raquettes ?

— Au centre. Il y a plusieurs commerces qui louent du matériel. Skis de fond, luges, raquettes et j'en passe. Les prix sont tout à fait abordables.

— On pourra voir des aurores boréales ? demanda Alia.

— Peut-être. Ça dépend de beaucoup de facteurs. Entre autres, il faut une nuit claire, sans nuages et sans vent. Et pour les observer, il est préférable de se trouver dans un espace sans lumière autour de soi. Depuis le centre du village, ce n'est pas idéal. Le mieux, c'est de vous rendre au milieu du lac en pleine nuit. Mais ça ne veut pas encore garantir que vous en verrez.

Le bus bifurqua, pour déboucher sur une grande place entourée de plusieurs cabanes en rondins de bois. L'endroit paraissait isolé, au milieu de nulle part. La place ressemblait à un rond-point improvisé autour d'une petite baraque centrale.

— Vous êtes arrivés, annonça Jyrki. Vous allez récupérer vos valises et rejoindre votre cottage. Pour ce soir, nous vous avons préparé des provisions, ce qui vous évitera de devoir vous rendre au village avant demain matin.

— Qu'est-ce que c'est ? demanda Sandra en désignant la petite baraque centrale.

— Les toilettes, plaisanta Rolf.

Elle lui envoya un coup de coude dans les côtes pour se venger de la plaisanterie.

— Le sauna ? ajouta-t-elle.

— Non, madame. Je vous rassure. Les toilettes et le sauna se trouvent à l'intérieur du logement. Cette maisonnette abrite d'une part le local de fartage pour les skis de fond et d'autre part la réserve de bois de bouleau pour la cheminée. Vous pourrez vous servir à votre guise.

Walker avait effectivement lu quelque part que les forêts de Laponie étaient composées majoritairement de pins et de bouleaux. Il se souvint de cet article qui mentionnait aussi la faune locale, avec une présence marquée de rennes, mais aussi de loups et d'ours. Ces deux espèces ne s'approchaient que rarement des régions habitées.

Il avait toutefois préféré ne pas partager cette dernière information avec son épouse, par crainte de sa réaction.

— Bon, tout ça m'a l'air parfait ! conclut-il, avant d'inviter ses enfants à récupérer les bagages dans la soute du bus.

L'accès à la cabane se faisait par un petit escalier de trois marches, au sommet duquel se trouvait, accroché au mur extérieur, un montage artisanal de diverses brosses clouées entre elles.

— Pour frotter la neige de vos chaussures avant d'entrer, traduisit le guide.

Ce dernier fit jouer une clé dans la serrure et prévint :

— Important ! C'est comme les chambres d'hôtel : ne jamais oublier la clé à l'intérieur en sortant, sans quoi vous resterez bloqués à l'extérieur. Sauf qu'ici, l'extérieur n'est pas le couloir tempéré d'un hôtel, avec une réception quelques étages plus bas.

Il ajouta gravement :

— Il fait souvent nuit ici, avec des températures qui descendent en dessous des moins vingt degrés Celsius et le village se trouve à un bon kilomètre. Donc, soyez extrêmement vigilants avec ça.

Il pénétra dans le logement, suivi des cinq membres de la famille Walker.

Dans le vestibule se trouvait une haute armoire blanche avec une porte métallique, comme un grand frigo.

— Un congélateur est-il vraiment nécessaire dans ce pays ? plaisanta Rolf.

— C'est un sèche-linge, corrigea le guide. Très pratique quand vous rentrerez avec des chaussures, des gants et des vêtements gelés, mouillés ou humides. Vous verrez que vous l'utiliserez tous les jours.

Le vestibule s'ouvrait ensuite sur un salon et une salle à manger contiguë, avec cuisine. Tout le décor était de bois naturel, y compris l'ameublement. Sur la gauche, une cheminée en pierre avec un chapeau de cuivre attendait de réchauffer la pièce.

— Je vous ai déjà indiqué où sont stockées les bûches, rappela Jyrki. Les WC se trouvent à droite de l'entrée. À côté de la cuisine, il y a la salle de bains. Le sauna est à l'intérieur, avec un mode d'emploi aisé à comprendre. Vous disposez de deux chambres de deux lits au rez-de-chaussée et d'une mezzanine avec quatre lits et un WC séparé. Enfin, il y a une télévision avec une centaine de programmes numériques et une borne wi-fi. Si vous avez des questions, vous pouvez m'appeler à toute heure du jour et de la nuit. Surtout n'hésitez pas.

Walker prit la carte que lui tendait le guide et le remercia. Ce dernier les salua et rejoignit le chauffeur sur le parking.

Sandra inspecta les vivres apportés par leur hôte : du saumon fumé, un bocal de poissons non identifiables dans du vinaigre, du beurre et du pain. De quoi tenir jusqu'au retour du bus le lendemain matin.

Les enfants firent la moue à la vue de cette nourriture nordique. Alia se contenta d'une tartine beurrée et Quentin prétexta un mal de ventre pour aller se coucher sans manger. Finalement, les aléas du voyage achevèrent les autres membres de la famille. À vingt heures, tous s'endormirent avec l'impression d'avoir dépassé minuit.

*

— Rolf…

La voix semblait l'appeler d'outre-tombe.

— Rolf…

C'était celle de son épouse. Elle paraissait faible, lointaine et légèrement anxieuse. Est-ce qu'il rêvait ? Est-ce qu'elle cauchemardait encore ? Ou plus cocasse : rêvait-il qu'elle cauchemardait ? Dans tous les cas, il avait les yeux fermés, collés par de nombreuses heures de sommeil en retard.

La voix s'énerva.

— Rolf !

Il ouvrit les yeux.

Cette fois, le cri l'avait réveillé.

Il ne rêvait pas.

La chambre était plongée dans le noir, mais il l'identifia sans peine, avec son matelas trop mou et ses couvertures cartonnées, beaucoup trop chaudes. Il n'était pas chez lui, mais bel et bien perdu quelque part dans le cercle polaire, dans une cabane en rondins de bois.

— Qu'y a-t-il ? chuchota-t-il, incertain de ce qu'il avait entendu.

Sa femme était-elle réveillée ou parlait-elle en dormant ?

Il obtint rapidement une réponse.

— Il y a quelqu'un dehors.

— Quoi ?

— J'ai entendu des bruits.

Walker s'assit dans le lit et écouta.

— Je n'entends rien.

— Pourtant, je te jure que…

La voix de Sandra tremblait.

— C'est sûrement un des enfants qui est allé aux toilettes.

— C'est ça. Prends-moi pour une cruche. Je t'ai dit que ces bruits venaient de dehors.

— Peut-être un animal, se hasarda-t-il.

Il repensa aux loups et aux ours. Ça ne le rassura pas. Même si son côté rationnel lui susurrait que ces mammifères vivaient éloignés des zones habitées, le froid et le manque de nourriture pouvaient tout de même les rapprocher de la civilisation. Il n'était pas expert en la matière, mais c'était une éventualité qu'il ne pouvait effacer de son esprit.

— Quel genre d'animal ? demanda Sandra, visiblement inquiète.

— Je ne sais pas. Un oiseau de nuit.

— C'était beaucoup plus gros que ça.

— Alors un renne.

— Les rennes vivent la nuit ?

— Je ne sais pas.

Ils écoutèrent longuement, assis silencieusement dans leur lit, dans le noir. Ni l'un, ni l'autre n'osait allumer la lumière. Leurs yeux s'habituèrent lentement à l'obscurité.

De temps à autre, un petit craquement leur rappelait qu'ils se trouvaient dans une habitation en bois. La matière travaillait, suite aux variations de température entre l'extérieur et l'intérieur.

Soudain, un grincement les fit frissonner.

— Tu as entendu ? s'inquiéta Sandra.

— Oui, mais c'était dedans.

— Tu crois ?

— Certain.

Ils écoutèrent encore.

Le silence était revenu.

Ils attendirent, toujours assis dans le noir.

Soudain, la porte de leur chambre s'ouvrit tout à coup. La poignée frappa violemment le mur. Ils sursautèrent. Sandra cria.

La lumière s'alluma. Ils furent d'abord éblouis, avant de remarquer que Quentin se tenait dans l'encadrement de la porte. Il avait les yeux mi-clos et tenait son chien fétiche en peluche contre son torse.

— Bon Dieu, Quentin ! se fâcha sa mère.

— Tu ne peux pas débarquer comme ça dans notre chambre, renchérit son père. Tu as failli nous faire mourir de peur.

— Qu'est-ce qu'il y a, mon chéri ? demanda Sandra, qui était parvenue à retrouver son calme. Tu n'arrives pas à dormir ?

— Si…

— Alors, pourquoi es-tu debout ?
— Il y a quelqu'un qui me regarde dormir.
Sa mère tressaillit.
— Quelqu'un ? s'étrangla-t-elle.
— Oui, un monsieur.
— Un monsieur ? s'inquiéta Rolf. Où ça ?
— À la fenêtre.
— À la fenêtre ?
— Oui, à la fenêtre de la galerie. Dehors.

Ses parents se levèrent et accompagnèrent leur cadet jusqu'à son lit. Alia dormait dans la chambre voisine de la leur, au rez-de-chaussée. Le manège de son petit frère ne l'avait pas réveillée. Quant à Samuel, il ouvrit péniblement un œil à l'arrivée du trio sur la mezzanine.

— Qu'est-ce qui se passe ? demanda-t-il.
— Quentin dit qu'il a vu un homme à la fenêtre.
— À côté de son lit ?
— Oui.
— Ça n'a pas de sens, soupira l'adolescent. On est au premier étage. Il a dû rêver.

Rolf se dirigea vers la fenêtre et regarda à l'extérieur. Il ne vit rien, hormis l'obscurité la plus totale qui enveloppait les forêts avoisinantes. Aucune échelle de façade ne menait en cet endroit surélevé.

— Probablement… souffla-t-il.

7

— Qu'as-tu fait à Alia, ordure ?

La phrase claqua comme un coup de fouet entre les deux hommes, qui se toisèrent du regard. Walker détenait l'avantage de l'arme. Le Finlandais n'oublia pas ce facteur, même si ses grands yeux globuleux étaient ceux d'une personne atteinte de folie.

Bien que puissante, la musique du groupe Michigang qui se produisait sur la grande scène voisine se réduisait à un bruit de fond tant le duel improvisé qui se jouait dans les coulisses était intense.

— Qu'est-ce que tu as fait à Alia, petite merde ? répéta Walker.

Le Lapon se mit à trembler de rage. Il ne répondit rien, mais ses lèvres charnues frémirent et de l'écume blanchâtre suinta des coins de sa bouche.

— Qu'est-ce que tu fais ici, chez moi, en Suisse ? Pourquoi est-ce que tu me suis ? Qui es-tu exactement ?

Les yeux fous ne quittaient pas ceux du Neuchâtelois.

— Réponds ou je tire ! cria Walker.

Les pupilles du géant blond se dilatèrent et louchèrent vers le haut, pour fixer le canon de l'automatique appuyé sur son front.

— Tu n'oseras pas, finit-il par cracher.

— On parie ?

— Si tu me tues, tu n'obtiendras jamais les réponses à tes questions.

— Je sais que tu es un criminel en fuite et ça me suffit.

Le métal encore chaud de l'arme pressa si fort contre les os de son crâne, que la chair menaça de rompre.

— Je ne suis pas seul à avoir fait le voyage pour venir te voir… grimaça le Lapon.

Walker ne comprit pas.

— Qu'est-ce que ça signifie ?

L'homme sourit.

— Tu intéresses aussi quelqu'un d'autre.

— Qui ça ? Qu'est-ce qu'il veut ? Qu'est-ce que vous me voulez ?

— Te parler.

— Me parler ? Avec un flingue chargé. Tu te fous de moi ?

— Le monde n'est pas sûr…

— Qui est cet autre gars ? s'énerva Walker.

Le géant blond ricana.

— Pourtant, tu l'as bien connu lui aussi. En Laponie.

— Qui c'est ?

— Tu ne t'en souviens pas ?

— Non.

— C'est monsieur Tout-le-monde. Il peut être n'importe qui autour de toi, n'importe où. Intervenir n'importe quand, sans que tu ne le voies venir. C'est une véritable anguille. Un traqueur. C'est son métier.

Walker regarda autour de lui, sans cesser de braquer le canon du pistolet sur la tête du Lapon. Pour l'heure, ils étaient seuls entre le chapiteau principal et la tente VIP, dans une sorte de couloir extérieur strictement réservé au personnel.

— Tu vas me dire comment il s'appelle et comment je peux le reconnaître.

— Tu ne t'en souviens vraiment pas ?

— Dis-moi qui c'est.

— Son nom est…

Le géant blond ne put terminer sa phrase. Il fut interrompu par un hurlement strident provenant de la tente voisine. Les cris aigus étaient ceux d'une femme et ils furent bientôt renforcés par d'autres.

Les deux hommes se tournèrent aussitôt vers la toile cirée du carré VIP. La source de cette hystérie soudaine se trouvait derrière la bâche, qui les séparait d'un bar à champagne. Un minuscule rai de lumière filtrait dans leur direction, à travers un petit trou rond dans le plastique.

Walker pâlit en comprenant que ce trou avait dû être provoqué par la balle perdue. Il s'approcha nerveusement de la source de lumière, sans pour autant cesser de pointer le pistolet sur son adversaire.

— Ne bouge pas ! lui intima-t-il.

Le Lapon ne répondit pas, restant dans sa position, assis dans l'herbe.

Le Neuchâtelois risqua un œil par l'orifice circulaire, qui ne devait guère faire plus d'un centimètre de diamètre. À l'intérieur du carré VIP, il perçut des gens qui couraient dans tous les sens, comme des fourmis dont on aurait foulé la fourmilière. Certains criaient, tandis que d'autres tentaient d'appeler au calme.

Il vit un homme accroupi et penché sur le corps d'une femme. Il maintenait ses mains pressées contre le haut de son buste dénudé, d'où s'échappait du sang, tentant visiblement de comprimer une plaie au niveau de la poitrine. En dépit de ses efforts, il ne parvenait pas à stopper l'hémorragie. Il y avait du sang partout et ses doigts glissaient dans un flot continu, rouge et visqueux.

La balle…

Walker paniqua intérieurement.

Pourquoi ces cris si tardifs ? Ça faisait au moins quarante secondes que le coup de feu avait éclaté. Il avait cru que le projectile s'était perdu dans le sol ou dans les airs. Il avait eu le temps de poser des questions au Lapon, de converser avec lui.

Entre la puissance de la sono et la foule, personne n'avait entendu la détonation. La malheureuse avait dû encaisser le choc sans comprendre ce qui lui arrivait. Elle avait probablement marché quelques mètres sans se rendre compte qu'elle était blessée. Avec tout ce sang qui s'échappait de son corps, la balle avait dû sectionner une artère.

Quarante secondes, c'était long !

C'était le temps qu'il avait fallu pour que la blessure se manifeste aux yeux des personnes qui faisaient la fête autour de la malheureuse victime.

Couchée sur la moquette du carré VIP, elle fut soudain prise de convulsions. L'homme venu à son secours ne put rien faire. Ses mains glissèrent et s'écartèrent de la plaie. Le débardeur blanc de la malheureuse vira au rouge en quelques secondes, tout comme le sol autour du corps.

— Tu as tué quelqu'un… balbutia Walker à l'intention du Lapon.

— Ah, non ! C'est toi qui as l'arme entre les mains, constata le géant blond. Pas moi. Tout ça ne serait pas arrivé si tu ne m'avais pas sauté dessus.

— Et c'est moi qui serais mort à l'heure actuelle…

— Qu'est-ce que tu vas imaginer ?

— Il faut qu'on dégage d'ici !

— Pour aller où ?

— Je ne sais pas.

— Tu oublies l'autre…

— Quel autre ?

Le visage du Lapon devint blême d'un seul coup.

— Lui… dit-il, soudain paniqué, en pointant de l'index une issue du couloir extérieur dans lequel ils se trouvaient.

Walker regarda dans la direction indiquée et perçut une silhouette imposante qui barrait le passage du côté du lac.

Dans la pénombre et avec la lumière des stands derrière le nouvel intervenant, celui-ci leur apparaissait en ombre chinoise. Il était impossible de l'identifier.

Le géant blond se mit à trembler, lorsqu'il entendit la voix grave de cet homme.

— *Täma on minulle, Svindal. Alä ole typerä, Koskinen.*

— Que dit-il ? s'inquiéta le Neuchâtelois.

— Il dit…

Le blond eut du mal à avaler sa salive.

— Il dit qu'on va tous mourir, poursuivit-il fiévreusement.

Walker vit l'homme faire un geste suspect en direction de sa ceinture. Ses avertisseurs internes le prévinrent d'un danger imminent. Sans réfléchir, il pointa le canon de l'automatique dans la direction de la nouvelle menace et appuya sur la détente à deux reprises.

*

— Au revoir, Bebel.

— Salut Marc. Prends bien soin de toi et tiens-moi au courant.

— Je n'y manquerai pas dès que j'aurai des nouvelles de l'hôpital.

— Courage, vieux.

Boileau quitta le restaurant de la plage de Saint-Aubin, non sans un dernier regard vers les roseaux.

Adieu, Frank. À la prochaine…

Le fantôme du véliplanchiste décomposé s'était déjà évaporé, après un dernier signe de sa main violacée.

Le commissaire longea le terrain de football des rives et rejoignit le parking, où il avait garé sa vieille et fidèle Citroën. Il éprouvait une certaine lâcheté et un profond dégoût de lui-même.

Le personnel médical du NHP demeurait désespérément muet. Aline était à l'agonie. Et lui, il buvait des bières sur une terrasse au bord du lac, dans la douceur naissante de l'été. Quand bien même il y avait été invité par les médecins, il ne pouvait s'empêcher de s'en vouloir. Sa femme avait suffisamment souffert dans sa vie – parfois par sa faute – et cela aurait dû être à son tour de payer, de se retrouver cloué sur cette table d'opération aux confins de la mort. Mais la vie ne l'avait pas entendu ainsi.

Aline rejoindrait tôt ou tard les fantômes de son existence. Il n'en supportait pas l'idée, mais pour l'heure, il ne pouvait rien faire d'autre qu'attendre.

Attendre, et attendre encore des nouvelles qui n'arrivaient pas.

Putain de cancer !

Au moment de se diriger vers sa Citroën, son attention fut attirée par une petite VW gris métallisé, garée à côté de son véhicule. Son regard vacilla soudain. Devant ses yeux, les tôles émirent d'abord un grincement, puis se froissèrent pour ne former finalement plus qu'une bouillie difforme de métal, de verre et de tissu.

Un bras mutilé et ensanglanté émergea d'une étroite fissure de la carrosserie broyée. De longs doigts fins aux ongles vernis de rouge le saluèrent.

Pas maintenant, Patricia... supplia Marc Boileau.

Ce n'est ni l'endroit, ni le moment... s'il te plaît !

La jeune fille ne s'était pourtant pas tuée sur ce parking. Elle avait perdu la maîtrise de son véhicule dans une courbe de la route du Val-de-Travers, quelques années auparavant, un soir de Noël.

Plus que du visage complètement défiguré de la malheureuse, le policier se souvenait surtout des cadeaux disséminés sur la chaussée et dans la forêt en contrebas de la route. Ses parents, ses frères et ses neveux ne l'avaient jamais vue arriver ce soir-là, à cause d'une plaque de verglas.

Une autre fois, Patricia. Je suis désolé. Ce soir, je dois penser à ma femme. Pardonne-moi...

Le fantôme parut comprendre. Sa main blessée le salua et disparut, en même temps que la petite VW se régénérait pour retrouver sa forme initiale.

Était-ce un signe ?

Ne devait-il pas prendre la route ?

Pas maintenant ?

Pas encore ?

Boileau regarda pensivement vers le port et sa jetée. Il n'avait jamais assisté à une levée de corps en cet endroit.

À moins qu'ils ne commencent à voyager comme Patricia, les morts devraient donc l'y laisser en paix quelques instants. Il gagna les pierres menant au débarcadère et s'assit sur l'une d'elles, laissant vagabonder ses sombres pensées sur la grande étendue d'eau et bien au-delà, vers le Plateau et les Alpes plongés dans la pénombre.

Ce ne furent pas les fantômes qui rompirent le calme et le tirèrent de sa méditation, mais une notification de son portable. Pensant immédiatement à l'hôpital, il sortit l'appareil de sa poche et en consulta l'écran. Il fut déçu de constater qu'il s'agissait d'une alerte de la CET, la centrale d'engagement et de transmission de la police neuchâteloise.

Il lut :

COUPS DE FEU DANS LE PÉRIMÈTRE DE
FESTI'NEUCH. TOUTES LES PATROUILLES
SONT PRIÉES DE SE RENDRE SUR LES LIEUX

L'info ne le concernait pas. Il n'était pas en service et ce n'était pas le moment de faire des heures supplémentaires. Ses collègues, ses fantômes, Bebel et les autres : ce soir, tous passaient après Aline.

Il rangea le mobile, regarda devant lui et sursauta. Deux grands yeux le dévisageaient tristement, d'un air compatissant.

Bonsoir commissaire…

Dans sa tête, la voix était douce.

Putain Carine ! Tu m'as fait peur !

Je suis désolée… je veux dire, pour votre femme…

Le fantôme était allongé sur le dos, sur les rochers de la jetée. Sous ses longs cheveux platine, un trou sombre ornait son front. De la matière organique s'écoulait de l'arrière de son crâne éclaté. La jeune fille avait été assassinée par son amant jaloux, qui s'était suicidé à son tour.

Est-ce que vous vous rappelez, commissaire, des horribles dégâts que provoque une balle de 9 mm ?

Je ne l'ai jamais oublié, Carine. Tu n'étais pas la première victime de la possessivité maladive des hommes que j'aie vue… Ni la dernière, d'ailleurs. Mais tu étais clairement la plus jeune…

Et la plus belle…

Quel gâchis !

Marc Boileau se souvint des litres de sang coagulé qui maculaient la moquette beige du bureau d'architecte, ainsi que des projections de chair et des éclats d'os collés sur les murs et le plafond de la pièce. Un calibre .22 aurait certes été moins sûr dans son résultat, mais clairement plus propre.

Qu'est-ce que tu fais ici, loin de chez toi, sur une jetée en plein air ? Ce n'est pas ici que tu as été tuée…

Certes non… mais on a besoin de vous à Neuchâtel !

Crois-tu que je ne le sais pas ?

Alors, que faites-vous encore ici ?

Je ne peux pas y aller, Carine. Pas avant que je n'aie reçu des nouvelles de l'hôpital…

Pendant ce temps, des gens meurent…

Ma femme aussi risque de mourir. Tout le monde meurt un jour. Qui es-tu pour me faire des reproches ?

Je suis peut-être la part obscure de votre conscience, commissaire. Vous m'avez créée et vous m'appelez quand vous avez besoin de moi…

Comme tous les autres !

Les autres ?

Laisse tomber, Carine. Tu ne les connais pas !

Le fantôme finit par s'évanouir à son tour dans les rochers de la jetée. Boileau reprit son portable et relut l'alerte de la CET. Le texte n'était pas rédigé spécifiquement pour lui. Il n'était pas en service.

C'était décidé. Il n'interviendrait pas.

*

Walker tremblait. Il avait eu le sentiment que les deux coups de feu consécutifs avaient claqué beaucoup plus fort que le premier. Peut-être parce qu'ils étaient partis lors d'une transition entre deux morceaux du groupe Michigang. Les « zombies » avaient cédé la place aux Murmures barbares sous le grand chapiteau, tandis que les cris se poursuivaient dans le carré VIP.

Dans le couloir extérieur entre les tentes, l'imposante silhouette du troisième homme avait disparu, comme si les deux projectiles l'avaient désintégré.

Aucun corps n'était au sol. Walker n'avait pas atteint sa cible, qui avait manifestement réussi à se mettre à l'abri.

Le résultat fut deux balles perdues de plus. Avec toute la foule qu'il y avait sur les Jeunes-Rives, le tireur réalisa son erreur et pâlit une nouvelle fois, constatant qu'il avait totalement perdu la maîtrise de lui-même.

Avait-il fait d'autres victimes collatérales ?

Putain de paranoïa !

— C'est qui ce mec ? s'énerva-t-il.

— Svindal, répondit le géant blond.

— Svindal ?

— Tu ne te souviens vraiment pas de lui ?

— Non. Dans quelle langue a-t-il parlé ?

— Dans la mienne. En finnois.

— Pourquoi veut-il nous tuer ?

— Parce qu'il ne reculera devant rien pour m'avoir. Ça fait bien trop longtemps qu'il me recherche. Ça l'a rendu fou.

— Mais pourquoi ?

— Pour les mêmes raisons qui font que tu me soupçonnes aujourd'hui.

— Pourtant, ce soir, c'est toi qui m'as suivi jusqu'ici avec cette arme chargée. C'est toi qui voulais m'éliminer. Comme tu as…

— Je n'ai rien fait à Alia, si c'est ce que tu crois, le coupa le Lapon. Je ne sais pas ce qui lui est arrivé. Je cherche aussi des réponses, tout comme toi.

— Mais qui es-tu ?

— Tu ne te rappelles pas non plus de mon nom ?

Walker fronça les sourcils.

Un nom lui revint à l'esprit. Un nom qui collait assez bien avec le visage de l'homme qu'il avait en face de lui.

— Koskinen… finit-il par lâcher, peu sûr de lui.

En guise d'acquiescement, le géant blond lui sourit. Peu à peu, les uns après les autres, les souvenirs de la Laponie remontaient à la surface.

8

Les premiers rayons du soleil envahirent la pièce sur le coup des dix heures et demie. À cette saison, l'astre ne faisait qu'une apparition de quelques heures dans le cercle polaire, avant de disparaître à nouveau dans le milieu de l'après-midi.

Une lueur orangée baignait la table de la salle à manger, sur laquelle Sandra avait préparé le petit déjeuner : pain complet, beurre salé et gelée de *lakka*.

— Qu'est-ce que c'est ? demanda Rolf.

— Une baie de la région qui ressemble à une framboise jaune, répondit sa femme.

— On l'appelle aussi « mûre des marais », compléta Alia.

— Comment sais-tu ça ? la questionna son père, étonné.

— J'ai lu plein de choses sur la Laponie, avant ce voyage, justifia la jeune fille.

— T'as surtout pris des cours par correspondance avec ton amant virtuel, la taquina Samuel.

— Fous-moi la paix avec Erik ! Tu ne le connais même pas.

Sandra intervint sèchement.

— Ah non ! Vous n'allez pas commencer à vous chamailler dès le réveil. Bon Dieu, un peu de respect l'un pour l'autre !

— À tes ordres, maman chérie… la nargua son aîné, la bouche en cœur.

Elle voulut le remettre à sa place, mais y renonça en voyant Quentin apparaître dans l'escalier de la mezzanine. Il avait les yeux mi-clos et serrait son doudou contre son torse. Ses pas n'étaient pas assurés.

— Bonjour mon chéri, le salua son père. Tu as mieux dormi depuis que j'ai installé un drap contre la fenêtre ?

L'enfant bouda et ne répondit pas.

Il regarda la table du petit déjeuner, puis jeta un coup d'œil par les fenêtres du salon. Des tas de neige débordaient sur la terrasse et atteignaient les carreaux, formant des étoiles cristallisées contre ceux-ci.

L'attention de Quentin fut soudain attirée par un éclair brun.

— Il y a quelque chose dehors, constata l'enfant depuis l'escalier.

Les quatre autres membres de la famille se tournèrent simultanément pour regarder à l'extérieur et scrutèrent le décor sauvage. Alia se leva et s'approcha de la porte-fenêtre donnant sur la terrasse. Elle finit par apercevoir le petit intrus.

— C'est un écureuil, l'identifia-t-elle.

Tous s'émerveillèrent et admirèrent le manège du petit mammifère.

— Il doit chercher de la nourriture, supposa Sandra. Peut-être que les précédents locataires l'ont habitué en lui jetant des restes de pain, ou autre.

— On peut le faire nous aussi ? demanda Quentin, insistant.

— On verra, temporisa Rolf.

L'enfant tenta d'amadouer son père.

— Mais il doit avoir froid.

Samuel se pencha pour regarder le thermomètre vissé contre un des rondins de bois à l'extérieur.

— En effet, il fait moins dix-sept degrés, annonça-t-il.

— Il faut voir le bon côté des choses, ironisa Rolf. Avec ce soleil, nous avons gagné cinq degrés depuis hier soir.

La plaisanterie ne fut pas du goût de son épouse, qui semblait encore perturbée par les étranges bruits de la nuit. Elle n'avait pratiquement pas retrouvé le sommeil. Constatant cette angoisse persistante, il ajouta :

— C'est sûrement ce mignon petit écureuil qui est la cause de tes insomnies.

— J'en doute, répondit-elle avec une mine renfrognée.

*

Un minibus vint chercher les Walker sur le parc du lotissement à onze heures et demie précises. Le chauffeur les conduisit au centre d'Äkäslompolo, par la même route que celle empruntée en sens inverse la veille au soir. Le soleil qui se reflétait dans la neige conférait aux arbres et au paysage des allures de conte de fées.

C'était la nature à l'état brut, sur laquelle l'action de l'homme n'avait eu qu'une emprise très limitée.

Jusqu'à la bifurcation avec l'axe principal de Kittilä, Rolf parut songeur.

— Quelque chose ne va pas, mon amour ? s'inquiéta Sandra.

— Si, tout va bien, mentit-il. Je suis juste un peu fatigué.

Il avait pris la décision de ne pas révéler l'inquiétante découverte qu'il avait faite peu avant l'arrivée du bus, au moment où il avait contourné la cabane. Sous prétexte de lire le thermomètre de la terrasse, il s'était rendu au pied du mur donnant accès à la fenêtre de la mezzanine.

Pas d'échelle de secours.

Pas de prises évidentes sur les rondins de bois pour grimper.

Mais bel et bien des traces de pas humains dans la neige.

S'il avait opté pour la discrétion vis-à-vis de son épouse, c'était pour deux raisons : l'effrayer plus ne servirait à rien et, surtout, il n'avait pas la certitude que ces traces dataient de la nuit dernière.

Elles auraient aussi pu être laissées par le concierge ou le précédent locataire des lieux. Rolf se résolut à les oublier pour la journée, mais se promit de faire preuve de vigilance la nuit prochaine.

À hauteur de l'hôtel Äkas, le bus bifurqua à droite sur la chaussée enneigée et prit la direction du centre. Baptisée *Tunturintie*, la route nationale 9401 longeait le lac gelé. Après un bon kilomètre, le chauffeur s'arrêta à proximité d'un complexe commercial et leur montra un pub. Emmitouflés dans leurs épaisses combinaisons hivernales, les Walker le remercièrent et gagnèrent l'établissement public. Un verre de l'amitié leur fut offert par l'agence. Ils y retrouvèrent leur guide de la veille et d'autres vacanciers originaires de Suisse alémanique.

Jyrki expliqua alternativement en français et en bon allemand le programme des jours à venir : ferme des huskies aujourd'hui, ferme des rennes demain, motoneige et pêche sous glace après-demain.

Il leur résuma l'essentiel à savoir sur son village, soit une petite station de quelque quatre cents résidents à l'année. Il s'agissait essentiellement d'un lieu de vacances, où les Finlandais eux-mêmes venaient se délasser et s'adonner aux sports d'hiver. Le ski de fond était roi, mais beaucoup d'entre eux profitaient aussi des installations de ski alpin du mont Ylläs, tout proche.

Il leur donna enfin quelques conseils pratiques.

Ils apprirent tout ce qu'il y avait à savoir au sujet des magasins de location de matériel et de la nourriture. Le restaurant *Julli's* et son traditionnel sauté de renne aux pommes de terre et aux airelles avaient visiblement gagné ses faveurs.

Après le verre de l'amitié – au cours duquel Sandra et les enfants avaient bu du thé chaud de *lakka*, tandis que Rolf avait opté pour une Lapin Kulta, la bière locale – le bus vint rechercher tout le monde, destination la ferme des huskies.

La vie semblait se réveiller lentement dans Äkäslompolo, en dépit de l'heure tardive. Le grand froid devait obliger les gens à vivre au ralenti. Équipées de phares supplémentaires et de pneus cloutés, les voitures circulaient en alternance avec les motoneiges sur la route blanche, tandis que des personnes munies de skis de fond ou de traîneaux empruntaient les trottoirs enneigés de l'axe principal.

Sur le lac gelé, des petits points de couleur allaient et venaient le long des chemins balisés. Au-delà de la rive opposée, à plus d'un kilomètre, les Walker devinèrent l'emplacement approximatif de leur cabane.

*

Les aboiements provenaient de nulle part et se répercutaient dans la forêt, rebondissant sournoisement d'arbre en arbre et désorientant les nouveaux arrivants.

Les Walker savaient que la ferme se situait à une trentaine de minutes d'Äkäslompolo, mais ils ne parvenaient pas à se repérer dans l'espace. Le bus avait longé une rivière gelée, parcouru des kilomètres de décors sauvages qui se ressemblaient tous et emprunté des carrefours dans un sens, puis dans l'autre. Ils avaient vu des rennes en liberté errer dans le paysage blanc. Les pins avaient succédé aux bouleaux et inversement. La neige à la neige. Rien d'autre. Sauf de temps à autre un oiseau inidentifiable bravant le grand froid. Il leur était impossible de dire s'ils se trouvaient au nord, au sud, à l'est ou à l'ouest de leur lieu de résidence.

Les hurlements des huskies brisaient le silence de ces vastes étendues nordiques. Ils ne manquèrent pas d'interloquer Quentin.

— On dirait des loups, s'inquiéta le garçon de huit ans.

— Ils ont une certaine ressemblance avec les loups, mais ce sont des chiens de traîneau, le rassura Sandra.

— Pourquoi est-ce qu'ils crient comme ça, maman ?

— Sûrement leur façon de communiquer.

— En fait, ils sont impatients de pouvoir nous tirer, sourit Alia.

La maladresse de vocabulaire fut si belle que Samuel en profita.

— Un peu comme ton beau Lapon avec toi, sœurette…

La réplique fut cinglante.

— Va te faire foutre, Sam !

Les deux adolescents furent une nouvelle fois rappelés à l'ordre par leurs parents, avant que Jyrki ne prenne la parole pour s'adresser à la vingtaine de personnes présentes.

— Comme vous êtes nombreux, on va former deux groupes. Tandis que le premier parcourra la boucle des dix kilomètres avec les traîneaux, le second restera à disposition du maître de la ferme, qui vous expliquera le fonctionnement de celle-ci. Vous pourrez circuler librement entre les cages, mais je vous demanderai de ne pas vous approcher des chiens sans une permission expresse des *mushers*.

— Les huskies peuvent être dangereux ? demanda Rolf.

— En principe, non. Mais à première vue, ils peuvent paraître très excités. Ils le sont surtout lorsqu'ils sont attachés au traîneau et qu'ils sentent l'approche du départ.

— Ils n'ont pas froid ? demanda Quentin, perdu sous les amples vêtements thermiques mis à disposition par l'agence.

— Non, rigola leur guide. Les huskies de Sibérie sont très résistants. Ils sont capables de parcourir une centaine de kilomètres par jour par moins cinquante degrés Celsius. Et je peux vous dire qu'aujourd'hui, ils auront beaucoup trop chaud. Il ne fait « que » moins quinze.

Sandra ne goûta que moyennement la plaisanterie ; elle qui, en cet instant, rêvait d'une plage des Antilles.

— Combien y a-t-il de chiens dans la ferme ? demanda Rolf.

— Une soixantaine environ.

Jyrki fit signe au groupe de se déplacer à pied en direction d'une cabane en rondins de bois, qui se trouvait sous un groupe d'arbres. À côté de celle-ci se dressait un immense tipi en peaux de rennes, qui se fondait presque dans le décor. De la fumée émanait de son sommet.

Autour des deux logis, de nombreuses cages métalliques abritaient les huskies. Certains dormaient ou se reposaient à même la neige, tandis que d'autres trépignaient en faisant les cents pas et en aboyant de manière stridente. Les cris semblaient résonner à des kilomètres à la ronde.

Le guide invita ses clients à entrer sous le tipi et à prendre place sur des peaux disposées en cercle autour d'un foyer rougeoyant, sur lequel chauffait une grande théière en fonte. La température à l'intérieur de l'abri paraissait agréable. Certains retirèrent gants et bonnet.

Au moment de s'asseoir à même le sol, Alia grimaça. Sa mère le remarqua.

— Ça ne va pas ? s'inquiéta-t-elle.

— Je ne sais pas, répondit l'adolescente.

— Qu'y a-t-il ?

— J'ai mal au ventre.

Une nouvelle fois, son frère aîné s'en mêla de manière lourdement narquoise.

— Stresse pas, sœurette. C'est le moment de vérité. Tu vas enfin savoir si ton mystérieux correspondant t'a menti sur son âge…

Elle ne répondit pas, trop concentrée sur sa douleur abdominale.

— J'ignore de quoi vous parlez depuis hier, reprocha Sandra à Samuel, mais je te prierais de lâcher ta sœur avec cette histoire. Tu vois qu'elle n'est pas bien.

— Que veux-tu, maman chérie, ironisa le jeune homme, c'est le problème des femmes de cette famille. Elles tombent amoureuses un peu trop facilement.

La pique fit mouche et le réflexe ne se fit pas attendre. Sandra aurait dû se contenir et encaisser l'affront sans sourciller. Elle ne le put ; la coupe était pleine. Son fils avait décidé de lui reprocher à vie cette faiblesse, qu'il avait apprise accidentellement lors d'une indiscrète dispute de couple.

La gifle partit. Incontrôlée. Du revers de la main. Devant le guide et les autres touristes ébahis, qui n'avaient rien entendu. Aucun ne comprit la violence du geste.

Il y eut un silence pesant dans le tipi, qui ne fut brisé que par l'arrivée salvatrice d'un homme en combinaison trop légère pour la température extérieure, à la veste ouverte au niveau de la poitrine, sans gants, ni bonnet. Il portait une peau de renne nouée autour de la taille et affichait de longs cheveux blonds. Ses yeux bleus saluèrent l'assemblée et s'arrêtèrent sur Alia. Leurs regards se croisèrent, puis il s'adressa à Jyrki en finnois.

Les deux hommes échangèrent quelques mots incompréhensibles, avant que le guide ne reprenne la parole.

— Mesdames et messieurs, j'ai l'honneur et le plaisir de vous présenter le maître des lieux. Il est le propriétaire de cette ferme et de tous ces huskies. Il vous accompagnera tout au long de cette journée. Son nom est Erik Koskinen.

9

— Koskinen… répéta Walker, incrédule.

Ce nom surgissait d'outre-tombe, un peu à la façon des zombies dansants et chantants du groupe Michigang.

Le Finlandais parut un instant satisfait que les souvenirs de son interlocuteur remontent enfin à la surface. D'autres allaient suivre et, peut-être avec eux, la vérité.

— Le gars aux huskies… murmura Walker.

— Ça te revient ?

Les yeux du Neuchâtelois se durcirent et il pointa une nouvelle fois le canon du pistolet sur le front du Lapon.

— Qu'est-ce que tu as fait à Alia ? grinça-t-il des dents.

Koskinen ferma ses grands yeux bleus.

— Pas ce que tu crois, se défendit le géant à l'accent nordique prononcé.

— Alors quoi ?

— Je cherche les mêmes réponses que toi.

— Je ne te crois pas.

— C'est normal.

— Pourquoi ?

— Parce que Svindal vous a à tous bourré le crâne avec ses conneries.

Svindal…

Tout se bousculait dans l'esprit confus de Walker. Svindal était l'homme – le second traqueur – sur lequel il venait de tirer deux coups de feu en état de légitime défense, mais qu'il avait manqué.

Qui était-il au juste ?

Sa mémoire lui jouait des tours.

Il regarda une nouvelle fois dans le couloir entre le chapiteau – sous lequel le concert se poursuivait en dépit des trois coups de feu – et le carré VIP, dans lequel régnaient encore une confusion et une agitation qui n'allaient pas tarder à se répandre comme une traînée de poudre.

Ce Svindal n'était plus dans son champ de vision ; cette menace avait momentanément disparu, mais elle s'était probablement mise à la recherche d'un meilleur angle de tir. Ce soir, Walker avait déjà sauvé sa propre vie à quelques reprises, mais il savait que la chance ne continuerait pas de lui sourire de la sorte. Surtout s'il s'attardait dans ce coupe-gorge, seul avec Koskinen.

Svindal…

Koskinen…

Les deux hommes resurgissaient du passé. Ils avaient fait le voyage en Suisse juste pour lui. Pour le retrouver. Pour le tuer. Tout ceci n'avait aucun sens. Il était une victime dans cette histoire. La victime de leur folie.

Il prit une décision. Il fallait bouger. Quitter cet endroit. Aller ailleurs. À tout prix et très vite. Se mettre à l'abri de Svindal. Là où il pourrait poursuivre plus sereinement l'interrogatoire de Koskinen, afin de tenter de remettre de l'ordre dans ses idées et dans ses souvenirs.

Il se retourna et attrapa sans ménagement le Finlandais par son t-shirt pour le forcer à se relever. Le géant blond obtempéra sous la menace de l'arme et les deux hommes firent demi-tour, pour se diriger vers le grillage au nord de l'enceinte.

Soudain, à l'angle du chapiteau, une ombre leur barra le passage dans l'obscurité.

Ils sursautèrent.

*

La vieille DS filait bon train le long de la rue du Littoral en direction de Bevaix, quand le portable de Boileau sonna une première fois. Tout en conduisant, il regarda l'écran et constata que c'était la CET. Il décida de ne pas répondre. Il était en congé. Les vibrations se firent insistantes, mais il ne céda pas. Elles finirent par cesser.

Sur sa droite, le paysage nocturne défilait, avec le lac au premier plan. Çà et là, les feux de position des voiliers rappelaient la douceur de cette soirée de juin, dont il aurait profité avec Aline si elle n'avait pas été rattrapée par ce maudit crabe.

Son boulot le sollicitait, mais ce n'était pas cet appel qu'il attendait. Celui de l'hôpital ne venait pas.

Maudits toubibs !

Il hésita à s'allumer une cigarette, mais y renonça finalement. Il n'avait pas l'habitude de fumer, encore moins dans sa voiture, mais il y conservait toujours un paquet, caché dans la boîte à gants. Au cas où. Depuis le temps qu'il n'y avait pas touché, le tabac devait être sec. Sans saveur.

À hauteur de l'échangeur de Bevaix-Ouest, il engagea la Citroën sur l'autoroute en direction de Neuchâtel et enclencha la radio. RTN diffusait un vieux tube de Genesis. La voix de Phil Collins l'accompagna dans la descente de la tranchée couverte de Chanélaz, entre la ville de Boudry sur sa gauche et le village de Cortaillod sur sa droite.

Après la sortie d'Areuse, son portable émit à nouveau une longue série de vibrations. Ce n'était toujours pas l'hôpital, mais la centrale de la police qui le relançait. Cette fois, sa conscience professionnelle prit le dessus et lui dicta de répondre.

— Boileau, s'annonça-t-il sèchement.

— Salut, c'est Vanessa.

— Salut, Vany. Qu'est-ce qu'il y a ?

— Tu n'as pas vu l'alarme « pager » ?

— Je suis en congé.

— Je sais, mais…

— Mais quoi ? ronchonna-t-il.

— L'OPJ de service réclame ta présence sur les lieux.

— À *Festi'neuch* ?

— Oui, dans l'enceinte du festival.

— C'est grave ?

— Apparemment.

— À quel point ?

— Je ne sais pas encore. Mais il paraît qu'il y a plusieurs victimes.

— Des morts ?

— Je l'ignore. En tout cas, c'est un sacré branle-bas de combat à tous les niveaux. SIS, SMUR, police. Tout le monde est appelé sur les lieux. L'OPJ a même sollicité le groupe d'intervention.

Si le Cougar intervenait, ça signifiait que c'était sérieux.

— Combien y a-t-il de tireurs ?

— On ne sait pas. Minimum un.

— Ça, je m'en doute. Mais pourquoi moi ? Qu'est-ce que j'ai à voir là-dedans ?

— L'OPJ réclame la présence de la cellule de négociation.

— Il y a une prise d'otages ?

— Il semblerait.

Boileau parut hésiter un bref instant, puis il reprit :

— Je ne suis pas le seul négociateur de la police neuchâteloise.

— Certes non, mais tu es le seul que j'ai pu atteindre.

Decker ne répond pas.

— Et Garcia ?

— Tu sais que Dan est en arrêt maladie depuis le décès de Mike. Il ne s'en est pas encore remis…

— Nous avons tous nos morts sur la conscience.

— Mike était son meilleur ami.

— Moi, c'est ma femme que j'aurai bientôt sur la conscience…

En plus de tous les autres ! pensa-t-il.

— Je suis désolée, Marc.

— Tu n'y peux rien, Vany. C'est comme ça. C'est la vie.

Ou la mort, plutôt…

Boileau avait lui aussi été directement confronté au cadavre de Mike Donner. De temps à autre, son jeune collègue métis l'observait dans son sommeil, depuis l'au-delà, avec des yeux de félin brillant dans l'obscurité et une vilaine blessure à la gorge.

Le commissaire Garcia ne l'avait pas raté, mais il n'avait guère eu le choix. Il n'avait fait que se défendre dans un duel à mort. C'était la conclusion très claire à laquelle avait abouti l'instruction pénale dirigée par le procureur Sylvain Kornisch.

— Alors ? relança Vanessa après quelques secondes de silence.

— Alors quoi ? bougonna-t-il.

— Qu'est-ce que je dois répondre à l'OPJ de service ? Tu vas sur les lieux ?

Boileau réfléchit encore un instant, avant de communiquer sa décision.

— Non.

— Non ?

— Je suis désolé, Vany. Rappelle Decker. Il fera parfaitement l'affaire.

Déçue, la standardiste raccrocha.

*

Les yeux de Walker entrèrent en contact avec ceux de l'homme qui venait de surgir devant eux et qui leur barrait la route. En une demi-seconde, ils s'évaluèrent mutuellement. Un bras du nouvel arrivant se leva dans leur direction. Walker analysa immédiatement le geste comme une menace. Par réflexe, il leva l'automatique, visa grossièrement le visage dont les traits demeuraient cachés dans la pénombre et fit feu.

Pour la quatrième fois, le coup claqua aux oreilles de ceux qui se trouvaient à proximité, mais fut couvert par les *beats* provenant de la grande scène. Il y eut un éclair aveuglant dans le noir et, presque simultanément, l'ennemi fut soulevé de terre par la violence du choc. La puissante balle de 9 mm arracha une partie de sa mâchoire et une gerbe de sang aspergea les herbes derrière lui. Son corps retomba un peu plus loin, mollement, comme disloqué, flasque et sans vie.

Aux côtés de Walker, Koskinen se mit à trembler.

— C'est Svindal ? s'énerva le Neuchâtelois, au bord de la crise de nerfs.

Tétanisé, le Finlandais ne lui répondit pas tout de suite.

— Putain ! hurla le tireur. C'est lui, hein ? C'est Svindal ?

Koskinen s'avança vers le cadavre encore chaud, qui se vidait de son sang dans la terre des Jeunes-Rives. Il se pencha pour tenter de voir son visage.

— C'est lui ? insista Walker, hors de lui.

— Comment veux-tu que je le sache ? Tu lui as arraché la moitié de la gueule !

Le géant s'agenouilla vers le corps et palpa de façon hésitante les poches du pantalon du défunt, avant d'apercevoir une carte plastifiée qui pendait à son cou.

— Non… je… finit-il par bégayer. C'est pas Svindal !

— Alors, c'est qui, putain ? rugit Walker.

— Je ne le connais pas.

— Comment ça ? Mais… il a… je veux dire… ce gars a essayé de nous tuer !

— Je ne sais pas…

— Comment ça, tu ne sais pas ? Tu l'as vu comme moi, pourtant. Cet homme a essayé de nous barrer la route.

— Je ne sais pas… je ne suis pas sûr de ce que j'ai vu… je ne crois pas…

— Qu'est-ce que tu ne crois pas ?

— Qu'il ait cherché à nous tuer.

— Bien sûr que si ! C'est qui, ce mec ?

Koskinen jeta un nouveau coup d'œil à la carte qui pendait au cou de la victime. Il y avait le logo du festival, une photo d'identité, un nom et une fonction. Abstraction faite de la mâchoire et de la partie inférieure du crâne, le reste pouvait éventuellement correspondre à l'image. Les cheveux étaient en tout cas très ressemblants.

— Je crois que tu as tué un technicien.

Walker pâlit.

— Mais qu'est-ce qu'il foutait là ?

— Peut-être une pause…

— En plein concert ? Tu te fous de moi ?

— Que veux-tu que je te dise ?

— Que tu l'as vu comme moi, qu'il nous a barré la route, qu'il a fait un geste menaçant dans notre direction !

Déconnecté de la réalité, Koskinen fixa un petit point lumineux, rougeoyant dans l'herbe à proximité du corps.

— En fait, je crois qu'il voulait juste nous proposer de partager son joint…

Walker regarda à son tour en direction du mégot allumé.

— … et tu l'as tué, acheva le Finnois.

Tu l'as tué…

La phrase résonna dans l'esprit de Walker, comme des mots qu'il avait déjà entendus par le passé dans une contrée froide et lointaine. Ces mots dansaient sournoisement, en même temps que le paysage tournait autour de cette minuscule braise à vif dans l'obscurité. Il fut comme hypnotisé par elle.

10

Sous les pierres de lave du sauna, Walker devinait les corps chauffants, orange vif. Ses yeux finirent par se détacher de cette source de lumière et de chaleur pour revenir sur le corps nu de son épouse. Sandra transpirait à grosses gouttes et semblait avachie.

Seul avec elle dans cette cabine exiguë de pin traité, il aurait voulu l'aimer, l'embrasser, la caresser, la posséder et la prendre avec ferveur, comme quand ils s'étaient rencontrés vingt ans plus tôt.

Il savait toutefois qu'elle le repousserait à la première tentative. Non qu'elle ne l'aimait pas, mais aujourd'hui, elle préférait clairement le confort d'un grand lit.

Et puis, il y avait les enfants. Des ados qui étaient en âge de s'intéresser à ces choses de la vie, mais qui ne pouvaient certainement pas imaginer leurs parents pratiquer ce genre de galipettes. Faire l'amour était donc devenu une exception, réservée aux trop rares nuits ou week-ends où le couple parvenait à se retrouver seul.

Le regard de Rolf parcourut les formes de sa femme à son insu. Elle avait les yeux clos et ne disait rien. Il ne savait pas à quoi elle pensait, mais lui se perdit à se remémorer le passé, quand elle s'était donnée à un autre, dans un moment de faiblesse qui avait failli briser leur union.

Il se fit du mal à imaginer l'intrus caresser son corps nu, l'embrasser, l'exciter et le pénétrer. Chaque représentation mentale de ces gestes sensuels et sexuels augmentait sa souffrance. Au moment où ses pensées les plus sombres le torturaient tant qu'il risquait d'en devenir méchant, elle ouvrit les yeux et essuya la sueur qui perlait de son front.

— C'était bien aujourd'hui, dit-elle.

Il lui sourit.

— C'est vrai ? Ça t'a plu ?

— Oui. Et ça a beaucoup plu aux enfants. Surtout à Alia.

— J'ai constaté. Il faut dire qu'elle ne parlait plus que de ça depuis des semaines. Elle a eu un feeling incroyable avec les huskies.

— C'est vrai. Je crois qu'elle n'a pas non plus été indifférente au charme du propriétaire de la ferme. Ce Koskinen.

— Tu l'as remarqué, toi aussi ?

— Difficile de faire autrement, mon chéri. Surtout avec son frère qui n'arrêtait pas de la chambrer. Je n'ai pas osé poser de questions. Ni à Samuel, ni à sa sœur. Mais c'est tout de même curieux, ce prénom.

— Erik ?

— Oui, Erik. Tu crois à une coïncidence ?

Elle faisait référence aux paroles parfois glaciales échangées depuis la veille entre leurs deux aînés.

— Je ne sais pas. On ne peut pas exclure qu'elle soit déjà entrée en contact avec ce gars par Internet.

Mais de là à ce qu'elle l'ait déjà rencontré en Suisse, je n'y crois pas.

— Moi non plus.

— Cela dit, je trouve que la relation entre Sam et Alia s'est passablement dégradée cette dernière année. Avant, ils étaient beaucoup plus complices.

— C'est la fin de l'adolescence, mon cœur. Ils approchent de l'âge adulte et…

— Et quoi ?

— Je ne sais pas. Je dis n'importe quoi.

*

Dans la pièce principale de la cabane, un feu crépitait dans la cheminée. Samuel rajouta une bûche de bouleau, puis s'approcha de sa sœur. Alia était couchée en chien de fusil sur le canapé du salon.

— Ça ne va pas ? lui demanda-t-il sur un ton étrangement prévenant.

— J'ai mal au ventre depuis ce matin, se plaignit-elle.

— Ça s'appelle l'amour… rigola doucement son frère.

Elle ne trouva pas la force de se fâcher.

— Arrête avec ça, le supplia-t-elle.

— Soit, conclut-il.

Il sortit devant elle un paquet de tabac et un petit emballage de papier à cigarette.

— Tu veux un peu de *weed* ? lui proposa-t-il en commençant à rouler un joint.

Elle le regarda avec de grands yeux ébahis.

— Quoi ? Tu en as avec toi ?

— Ben oui ! Tu crois quoi…

— T'es taré ?

— Pourquoi ?

— T'aurais pu te faire choper à la douane. Et tu ne sais même pas comment ils jugent ça ici, dans ce pays.

— On ne risque rien de plus qu'en Suisse. Je te rassure. Je me suis renseigné.

— Où ça ?

— Sur Internet.

— Mais bon Dieu, Sam ! Les gens écrivent n'importe quoi sur la Toile. Tu le sais. Il ne faut pas tout prendre au pied de la lettre. La plupart des informations d'Internet ne sont ni scientifiques, ni vérifiées.

L'adolescent ricana.

— Tu ne vas quand même pas me faire la leçon, sœurette. Pas après tes échanges avec ton Erik.

— C'est pas pareil.

Il s'énerva.

— Bien sûr que si, ma belle ! Tu aurais pu correspondre avec un gros pervers d'une soixantaine d'années. Tu imagines ?

— Mais ce n'est pas le cas.

— Tu ne vas quand même pas me dire que tu le kiffes, ce Lapon !

— Pourquoi pas ? Il est pas mal. Assez mignon, même…

— Arrête tes conneries !

— De toute façon, tu ne comprends rien aux femmes, frérot. Et tu n'y comprendras jamais rien. Tu n'es pas capable de sortir avec une même fille plus d'une semaine.

Il éclata de rire.

— Parce que c'est toi que j'aime, plaisanta-t-il douteusement.

— Va te faire foutre !

Elle se recroquevilla à nouveau, victime d'une énième crampe à l'abdomen. Samuel lui tendit le joint pas encore allumé.

— Viens fumer dehors avec moi. La *weed* te détendra.

Elle déclina l'invitation.

— Tu es fou. Les parents vont s'en rendre compte.

— Aucun risque. Ils sont dans le sauna.

— Et Quentin ?

— Il dort déjà sur la mezzanine.

— Fume-la tout seul, ta *beuh* !!! De toute façon, tu sais que ça ne me réussit pas. Tu ne voudrais quand même pas me voir perdre les pédales devant les ancêtres, non ?

Elle n'avait pas tort. Il se souvint en effet d'un épisode où la situation avait dégénéré. Il la laissa sur le canapé et sortit sur la terrasse recouverte de neige, dans la nuit noire et le froid polaire.

Presque immédiatement, les moins vingt-cinq degrés piquèrent ses yeux, mordirent sa peau et soudèrent ses narines à la première inspiration.

*

Durant la deuxième nuit, les mêmes bruits se répétèrent à l'extérieur de la cabane des Walker. Cette fois-ci, Rolf les entendit avant son épouse. La journée au grand air, la boucle de dix kilomètres dans le traîneau tiré par les huskies et le sauna avaient eu raison des dernières forces de Sandra.

La différence était que lui, il savait pour les traces. Il se rappelait des empreintes de pas dans la neige, à la verticale sous la fenêtre de la mezzanine. Il avait préféré ne pas en parler à sa femme, sans quoi jamais elle ne se serait endormie. Son silence l'avait contraint à la vigilance.

Les bruits lui donnèrent raison.

Il y eut d'abord un grincement.

Puis un craquement.

Doucement, tout en prenant garde de ne pas faire trembler le matelas trop mou, il se leva et se dirigea dans l'obscurité vers la porte de la chambre, qu'il ouvrit comme un voleur. Il gagna le salon plongé dans la pénombre. Le silence y régnait.

Dans la cheminée, des braises luttaient contre l'extinction.

Il regarda à l'extérieur par les fenêtres de la grande pièce. La neige recouvrait le paysage. Elle semblait légèrement lumineuse, reflétant la clarté de la lune.

Partout, les pins et les bouleaux formaient des obstacles à la surveillance. Ils projetaient des ombres angoissantes dans la nature sauvage. Les environs paraissaient calmes. Il ne repéra aucun mouvement suspect.

Levant la tête, il jeta un coup d'œil vers la mezzanine. Quentin et Samuel y dormaient comme des loirs. Le drap qu'il avait installé la veille contre la fenêtre en guise de rideau était toujours à sa place.

En slip, Walker demeura quelques minutes sans bouger au milieu du salon, à écouter, à l'affût du moindre bruit, du moindre mouvement. Mais plus rien ne parvint à ses sens en éveil.

Jusqu'à un nouveau grincement.

À peine perceptible.

Il semblait provenir de la chambre voisine de la leur.

Alia...

Lentement, sur la pointe des pieds, il s'approcha de la porte et actionna la poignée sans faire de bruit. Il faisait nuit dans la pièce et sa fille dormait. Elle avait la bouche légèrement ouverte et respirait fort. Elle ne simulait pas ce profond sommeil.

Soudain, son attention fut attirée par un curieux rai de lumière filtrant entre les lamelles des stores.

Il se concentra sur cette anomalie.

Et c'est là qu'il les vit.

Deux yeux malins scrutaient l'intérieur de la chambre à travers la fenêtre et observaient sa fille endormie, braqués sur elle comme les canons jumelés d'un fusil de chasse sur une proie.

Sans hésiter, sans réfléchir – notamment à la température extérieure –, Walker se précipita vers la porte d'entrée de la cabane, faillit buter dans le vestibule sur les paires de bottes de la famille, déverrouilla la serrure et jaillit comme une furie, pieds nus, dans la neige. L'adrénaline lui fit ignorer le froid mordant sa peau exposée.

Il se retrouva nez à nez avec l'intrus.

— Qu'est-ce que vous faites ici ! hurla-t-il en français.

Même si elle ne fut pas comprise par son destinataire, l'injonction paralysa ce dernier. Les deux hommes se regardèrent une fraction de seconde, durant laquelle Walker ne sut évaluer s'il avait l'avantage de la surprise ou si l'autre allait bondir sur lui.

— Je… je vous reconnais, balbutia-t-il.

Il n'eut pas le temps d'en dire plus. L'intrus fit volte-face et prit ses jambes à son cou. Il courut à travers la place enneigée. Sa sombre silhouette disparut entre les cabanes et s'évanouit dans l'obscurité.

Rolf demeura bouche bée, le souffle court, avec son slip pour seul vêtement. Le reste de son corps était directement exposé aux moins trente degrés de la nuit polaire. Il se mit à trembler de tout son être. Son cœur s'était emballé et tapait dans sa poitrine.

Il comprit à cet instant qu'il avait agi sous l'influence de la peur et que son intervention aurait pu virer au drame, si son adversaire avait été armé et déterminé.

Il avait agi d'instinct et son instinct aurait pu le tuer. Comme la température extérieure le ferait assurément, s'il demeurait nu dehors une minute de plus.

Il rentra et, sans égard pour son épouse qui dormait encore, alluma la lumière dans la chambre à coucher. Toujours tremblant sous la double emprise du froid et de l'adrénaline, il chercha son portable et composa le numéro d'urgence de la police.

*

Étaient-ils réellement tous blonds dans les pays nordiques ?

En tout cas, ce n'était pas qu'un mythe, en déduisit Walker en décrivant l'intrus aux deux policiers, qui s'étaient présentés à la porte de la cabane vers les quatre heures du matin. Le commissaire Svindal et l'inspecteur Sjöberg, de la police judiciaire de Kittilä, répondaient aux mêmes critères physiques que le maître de la ferme des huskies.

— Erik Koskinen est déjà connu de nos services, confirma en anglais le plus haut gradé. Êtes-vous sûr que c'était lui ?

— Affirmatif, commissaire, répondit Rolf dans la même langue.

Sur le canapé du salon, ses enfants Alia et Samuel affichaient un visage hagard. Quant à Sandra, elle terminait la préparation d'une tasse de lait au miel pour Quentin. Le petit toussait, dormait à moitié debout et ne comprenait pas ce qui se passait.

Svindal prit des notes dans un calepin, pendant que son adjoint inspectait les lieux, en particulier la fenêtre de la chambre de la jeune fille.

— Nous savons où le trouver, finit-il par affirmer en mâchant son chewing-gum. Nous irons l'interpeller ce matin à l'ouverture de la ferme et nous le conduirons pour interrogatoire à Kittilä.

— Pourquoi pas tout de suite ? s'inquiéta Walker.

— Parce qu'avec la frousse que vous lui avez fichue, il n'est probablement pas encore rentré chez lui. Et si nous devions lancer une battue de nuit dans la région, autant chercher une aiguille dans une meule de foin.

— C'est moi qui lui aurais fait peur ? Vous rigolez, j'espère.

— Ce n'est pas ce que je voulais dire. Bien sûr que les torts sont entièrement de son côté. Mais en dehors de ses tares, c'est un assez gentil garçon. Même s'il n'a pas toutes les lumières allumées à l'étage…

— Je vous demande pardon ?

— Ça veut dire qu'il lui manque une case, traduisit l'inspecteur Sjöberg en revenant de la chambre d'Alia.

— Pour quelle raison est-il connu de vos services ? demanda Walker.

— Tentative de viol sur une jeune fille.

Il pâlit.

— Et vous le qualifiez de « gentil garçon » ? s'insurgea-t-il.

— Rassurez-vous, corrigea Svindal. Il n'est jamais passé à l'acte. La tentative de viol est la présomption qui ressortait d'un rapport de la police, mais le tribunal l'a finalement écartée au bénéfice du doute.

— En fait, compléta Sjöberg, il est plutôt du genre à chercher des relations sur le Net, mais les filles qu'il aborde ne sont pas dupes. Hormis cette seule fois où il y a eu plainte des parents, il n'a jamais rencontré ses correspondantes. Elles l'envoient sur les roses bien avant. Par écrit.

Le commissaire sourit en complétant ses notes, tandis que l'inspecteur s'approchait des deux adolescents pour les questionner.

— Vous l'aviez déjà vu, avant la journée d'hier à la ferme ?

— Non, répondit Alia de manière un peu hésitante.

— Menteuse ! contredit Samuel avec une certaine véhémence. T'as affirmé le contraire durant le voyage. T'as dit qu'il était déjà venu en Suisse pour te voir.

— J'ai dit ça pour te faire mousser… se défendit la jeune fille.

— Donc, vous le connaissiez déjà avant de venir à Äkäslompolo, en conclut Sjöberg.

— Si on veut… confirma Alia d'une petite voix. Mais je ne l'avais jamais vu.

— Vous en êtes sûre ?

Elle parut hésiter.

— Oui.

— Si c'est la présence de vos parents qui vous empêche de dire la vérité, je…

— Je suis sûre que je ne l'avais jamais vu, le coupa-t-elle. Je n'avais correspondu avec lui que par Facebook.

— Comment êtes-vous entrée en contact avec lui ?

— Je m'intéressais aux huskies. J'ai fait des recherches et je suis tombée sur la page de la ferme. C'est tout. Ensuite…

— Ensuite ?

— Nous avons noué une relation d'amitié. Il était sympa. Il me comprenait. Il me respectait. Pas comme d'autres…

Ses yeux jetèrent des éclairs noirs en direction de Samuel.

— Ce n'est pas de ma faute, chercha-t-elle à se disculper.

— Nous ne l'avons jamais pensé.

— Je n'ai pas voulu qu'il…

— Vous n'avez pas besoin de vous justifier, la rassura Sjöberg. C'est Koskinen qui a un problème. Pas vous.

Alia baissa la tête, un peu honteuse.

— Par où s'est-il enfui ? demanda Svindal à Walker.

— À travers bois, en direction du lac gelé.

— Avait-il des raquettes aux pieds ?

— Non.

— Dans ce cas, il a pu rejoindre la piste de ski de fond. Peut-être a-t-il laissé une motoneige non loin de là.

— Possible, approuva Rolf. Dans tous les cas, il y avait plusieurs motoneiges garées vers la ferme des huskies.

— Normal, monsieur Walker. C'est quand même le moyen de locomotion numéro un dans la région.

Svindal sourit à nouveau et rangea le calepin dans la poche de sa veste. Son adjoint le rejoignit à ses côtés.

— Vous pouvez dormir sur vos deux oreilles, annonça le commissaire en cherchant à se montrer rassurant. Nous prenons les choses en main. Erik Koskinen ne viendra plus vous ennuyer. Je vous le promets. Vous n'entendrez plus jamais parler de lui.

11

Walker s'énerva et agrippa Koskinen d'une main par le col de son t-shirt, sans quitter des yeux le technicien qu'il venait de tuer. Le mégot du joint s'éteignait petit à petit dans l'herbe, à proximité de la main droite de la victime.

— C'est de ta faute ! accusa-t-il.

— Non, se défendit le géant. C'est toi qui as tiré sur lui sans sommation.

Les yeux de Walker trahissaient toute la peur qu'il avait accumulée depuis le début de la soirée, depuis qu'il s'était senti suivi en descendant la ruelle Vaucher en direction de son domicile. Il appuya une nouvelle fois la bouche encore chaude du canon de l'arme sur le front du Finlandais.

— Un petit conseil : ne joue pas sur les mots ! Pas avec moi ! Jamais je n'aurais tiré, si tu m'avais dit la vérité d'entrée de jeu. Et la fille, celle de la tente VIP à côté… c'est toi qui l'as tuée ! Pas moi.

Les yeux d'Erik Koskinen s'arrondirent.

— Quelle vérité ?

— Que Svindal est un flic. Un policier de ton pays.

— Mais tu le savais.

— Non, je…

Un doute suspendit la conversation, tandis que la musique continuait sous le chapiteau voisin.

— Comment ça ? De ça non plus, tu ne te souvenais plus ?

— Non, je… j'ai des troubles de mémoire depuis la Laponie.

— C'est normal, après ce qui est arrivé à ta famille.

— À cause de toi !

— Pas du tout.

Walker se fâcha.

— Si ! Tu n'es qu'un psychopathe pédophile. Qu'est-ce que tu as fait à Alia ?

Il appuya à nouveau lourdement le métal du pistolet contre le front du Finlandais, si fort qu'il lui entaillait presque la peau. Koskinen ferma les yeux et grimaça de douleur.

— Je ne lui ai absolument rien fait, répéta-t-il. Je l'aimais. Elle le savait.

— Dans ce cas, pourquoi Svindal t'a-t-il suivi jusqu'en Suisse ?

— Parce qu'il est convaincu qu'Alia et les autres membres de ta famille ont disparu à cause de moi. Mais ce n'est pas vrai.

— Alors, qui a fait ça ?

Le géant ne répondit pas directement à la question.

— En tout cas, ce n'est pas moi. Svindal le sait pertinemment. J'en suis sûr. Je le sais. Je le sens.

— Es-tu prêt à le jurer ?

— Oui.

— Publiquement ?

— S'il le faut. Mais comment…

Walker ne laissa pas Koskinen terminer sa phrase. Il lui fit faire demi-tour et le poussa sans ménagement, pistolet pointé entre les omoplates, en direction de l'escalier menant au *backstage* de la grande scène.

— Monte !

— Tu fais quoi, là ? s'inquiéta le Lapon.

— Tu vas t'expliquer publiquement. Il y a un micro là-haut. Tout le monde entendra ta confession.

— Mais… voulut-il protester.

— Mais quoi ? aboya Walker. Tu veux te faire entendre ? Par le flic qui te traque ? Dire à Svindal que tu es innocent, que tu n'y es pour rien dans la disparition des miens ? Et par la même occasion, affirmer publiquement que moi, je n'y suis pour rien dans les morts que nous venons de causer ? Existe-t-il une meilleure plate-forme que cette scène ? Écoute ce groupe de jeunes ! Écoute-le ! Ils ont la pêche ! Viens avec moi ! Allons *danser et chanter avec les zombies* !

Walker poussa une nouvelle fois le géant blond, qui faillit tomber dans l'escalier de métal.

— Tu es fou… murmura Koskinen.

— Pas plus que toi. Monte !

D'un pas hésitant, le Finlandais gravit une à une les marches menant au *backstage*. En haut de celles-ci, il écarta une tenture noire et pénétra dans la pénombre des coulisses. Ses yeux peinèrent à s'habituer à l'obscurité. Il trébucha sur des câbles jonchant le sol et buta lourdement contre une guitare électrique reposant sur un support.

Croyant à une tentative de fuite, Walker le rattrapa sans ménagement et s'agrippa à lui. Les deux hommes tombèrent au sol, dans un bruit trop faible pour lutter contre les décibels de la grande scène.

Ce fut néanmoins suffisant pour alerter un agent de la sécurité, qui se profila en ombre chinoise et se pencha sur eux pour les relever sans ménagement, en les saisissant par leurs vêtements.

— Vous n'avez rien à faire ici ! aboya le gorille tatoué. Foutez-moi le camp !

— C'est que… nous devons vraiment nous rendre sur la scène, plaida Walker.

Koskinen baissa la tête.

— Sur la scène ? Maintenant ? s'étonna le *Securitas*, avec un petit sourire en coin qui en disait long.

— Oui, répondit sérieusement Walker.

L'agent perdit soudain patience.

— C'est ça, comptez pas sur moi pour vous laisser passer, bande d'ivrognes ! Allez, du balai ! Dégagez d'ici !

Walker soupira et leva son arme. Il pointa le canon en direction du gros balèze.

— C'est toi qui dégage, connard !

Dans l'obscurité des coulisses, le *Securitas* ne perçut pas clairement la menace. Peut-être ne comprit-il même pas qu'il se trouvait en face d'un vrai pistolet. Il leva le poing et laissa entrevoir que celui-ci pourrait s'écraser dans la figure de son contradicteur. Ce fut le geste de trop.

L'index appuya sur la gâchette.

Le chien s'abattit contre le percuteur.

Il y eut une détonation.

Une de plus.

La cinquième.

Le coup de feu illumina brièvement les coulisses et la balle termina sa course dans le gras du ventre du *Securitas*, qui recula sous le choc de l'impact. Le visage marqué par la surprise, il baissa les yeux vers son abdomen, qui se maculait de sang. Par réflexe, ses mains recouvrirent la plaie et il se recroquevilla sous l'effet de la douleur, avant de s'écrouler comme une masse au milieu des câbles électriques.

Sous l'effet de l'adrénaline, Walker agrippa Koskinen par l'épaule et l'entraîna vers les lumières colorées de la scène. Le géant blond se protégea le visage de sa main gauche, pour éviter d'être ébloui par le show lumineux qui inondait le chapiteau.

Lorsqu'ils écartèrent la tenture et surgirent face au public, l'arme bien visible, ce fut le chaos le plus total.

La musique et les chanteurs de Michigang s'étaient tus, alertés par la détonation, en coulisses. Un projecteur blanc se figea sur les deux intrus, guidé depuis la tour de la régie à l'autre extrémité du chapiteau.

À son tour, Walker lâcha Koskinen pour se protéger les yeux de cette violente source de lumière. Se sentant agressé, il leva son bras armé et fit feu à trois reprises en direction de la régie. Le public comprit immédiatement le danger. Il y eut un impressionnant mouvement de foule. Les premiers rangs se mirent à crier et à faire demi-tour, bousculant les rangs suivants qui ne disposaient pas de l'espace nécessaire pour reculer. De très nombreuses personnes tombèrent et se firent piétiner par d'autres.

Face à ce chaos, un jeune chanteur du groupe Michigang voulut bondir sur Walker pour tenter de le maîtriser. Mal lui en prit de vouloir jouer les héros.

Le canon fumant se retourna contre lui et un nouveau coup de feu claqua. Le projectile atteignit sa cible au front, traversa le crâne, fit voler la casquette et pulvérisa les chairs, les os et la matière cérébrale, avant de se perdre dans le néant.

*

— Où est Boileau ? maugréa Gil Decker.

— Il ne viendra pas, répondit le chef du groupe d'intervention.

Les hommes de Manuel Gallys se tenaient derrière lui, attendant les ordres. Ils avaient revêtu l'équipement lourd complet. Vêtus de noir de la tête aux pieds, avec gilet pare-balles modulable, radio cryptée et ceinture de charge, ils tenaient leur casque lourd à visière balistique à la main et avaient retroussé leur cagoule en forme de bonnet. Ils étaient armés de pistolets, de fusils d'assaut équipés de lasers, de systèmes à visée Eotech et de lampes, ainsi que de Tasers et de grenades incapacitantes.

Le commando d'élite – baptisé Cougar – était entraîné pour ce genre de situation de crise, qui se produisait heureusement fort peu souvent dans la région. Assis dans le bus d'état-major entre le capitaine Gallys et le chef de quart, Decker pesta.

— Putain, mais pour qui il se prend !

— C'est à cause de sa femme, justifia le chef de quart. Elle est malade.

— Je le sais. C'est regrettable. Mais ici, ce soir, c'est le seul d'entre nous qui dispose des qualifications suffisantes pour négocier avec ce genre de forcené.

Le chef du groupe d'intervention tempéra.

— Selon ce que Marc a dit à Vany, tu as les mêmes qualifs que lui.

— Et ça devrait me flatter, je présume ? Putain, ça sert à quoi d'avoir un négociateur, si c'est pour qu'il nous fasse faux bond dans la pire des situations !

— Tu as suivi la même formation, Gilou.

— Peut-être, mais je viens de la terminer. Et Boileau était mon instructeur.

Gallys sourit.

— C'est l'occasion rêvée pour l'élève de dépasser le maître.

Decker soupira de dépit.

— Admettons… Et la psy ?

— Elle est en vacances.

— Tu rigoles ?

Constatant que ce n'était hélas pas une plaisanterie, il afficha une mine déconfite, avant de reprendre :

— Bon, résumons. Quelle est la situation ?

— Apparemment un seul tireur, mais ce n'est pas encore confirmé.

— L'homme de la grande scène ?

— Oui.

— Quelles sont ses motivations ?

— Nous l'ignorons. En l'état, il n'a émis aucune revendication. Le primo-intervenant, ce sera toi.

— Tu parles d'un privilège…

Dans la terminologie de la négociation, le primo-intervenant était la première personne à avoir des contacts directs avec le preneur d'otage. Selon la situation, il ne s'agissait pas forcément d'un policier.

— Combien d'otages ? demanda Decker.

— Minimum un, voire deux. Il y a un grand sec aux longs cheveux blonds. Il est à genoux à côté de notre cible. Et il y en a un second qui est couché devant eux. Possible qu'il soit mort.

— Possible ?

— Nous n'avons pas encore pu approcher suffisamment la scène pour le déterminer.

— Combien de victimes au total ?

— En tout cas une. Une femme de trente-deux ans, qui se trouvait dans le carré VIP.

— Décédée ?

— Oui.

— Nom de Dieu… Elle avait un lien avec notre homme ?

— Apparemment, non. Mais il n'y a encore rien de sûr. Certaines auditions sont en cours. Il est possible qu'elle ne soit qu'une victime collatérale.

Le terme était d'une froideur qui glaça le sang de Decker. Il frissonna en pensant à la famille de la malheureuse.

— D'autres victimes ? demanda-t-il.

— C'est possible, répondit Gallys. Il y a l'homme couché sur la scène. Par ailleurs, des témoins disent avoir entendu des coups de feu derrière le chapiteau, mais on n'a pas pu atteindre ce secteur. C'est encore trop risqué, tant que nous ne savons pas si nous n'avons affaire qu'à un seul forcené ou à un groupe armé.

— On connaît l'identité de l'homme qui se trouve sur la scène ?

— Non.

— Il est alcoolisé ? Drogué ?

— On ne sait pas.

Decker fit la moue.

— Bon, finit-il par conclure. Manu, est-ce que tes hommes sont prêts pour un éventuel assaut ?

— Il faut d'abord qu'ils reconnaissent les lieux. En attendant, je vais déjà positionner trois *snipers*.

Le chef du GI indiqua les positions qu'il avait choisies sur l'agrandissement d'une carte topographique de la ville de Neuchâtel, limité au secteur des Jeunes-Rives.

— Tu crois que l'un d'entre eux atteindra la tour de la régie sans attirer l'attention de notre homme ?

— Il faut prendre le risque. Mes gars sont entraînés pour ça.

— Je n'en doute pas, mais…

— De là, il aura la meilleure vue que l'on puisse avoir sur l'ensemble de la scène. C'est la place des techniciens « sons et lumières » du concert. On ne peut rêver meilleur emplacement. Le *sniper* pourra nous renseigner en *live* sur l'évolution de la situation.

— OK.

Decker se tourna vers le chef de quart.

— Existe-t-il un moyen d'utiliser les haut-parleurs de la scène pour communiquer avec lui, plutôt que je ne doive m'approcher avec un mégaphone ?

Un bon négociateur devait privilégier les communications à distance, avec les moyens technologiques de son époque. Le face-à-face avec le forcené demeurait l'exception, pour des raisons évidentes de sécurité.

— Je vais me renseigner auprès du staff du festival. Mais a priori, ça devrait être possible sur le plan technique.

— Merci. En attendant, je vous suggère de positionner le PC opération au sud du bâtiment de la faculté des lettres. Et Manu, fais en sorte que ton tireur d'élite identifie ce gars au plus vite.

— Il s'appelle Walker !

Venue de l'extérieur du bus de l'état-major de crise, la phrase claqua comme un coup de fusil dans le petit poste de commandement mobile.

*

La voix à l'origine de l'annonce inattendue était empreinte d'un accent indéfinissable. Tous les regards se tournèrent d'un bloc vers le nouvel arrivant. Celui-ci était grand et blond. Il portait un costume clair deux pièces, sans cravate, dont la manche était déchirée à hauteur du biceps. Du sang s'écoulait de son bras gauche.

— Qui êtes-vous ? demanda Decker.

— Je suis le commissaire Aaron Svindal, de la police judiciaire finlandaise.

Le négociateur ouvrit de grands yeux ébahis. Amusé, son interlocuteur reprit :

— Je suis ici de manière officielle, je vous rassure.

— Dans le cadre d'une entraide ?

— Mon pays a adressé une commission rogatoire internationale au vôtre. Celle-ci est en main du procureur Kornisch.

Decker soupira en entendant le nom de l'incompétent magistrat.

— Voilà pourquoi nous ne sommes pas au courant, maugréa-t-il. Vous êtes blessé ?

— Une égratignure. Mais la balle n'est pas passée loin. Un de vos collègues m'amène un pansement.

Le négociateur constata effectivement que le sang ne coulait déjà presque plus. La lésion ne semblait pas grave.

— Et peut-on connaître la raison de votre présence ?

— Oui, elle n'a rien de secret. Depuis un certain temps déjà, je traque l'homme qui se trouve sur la scène.

— Ce Walker ?

— Non, l'autre.

— Son otage ?

Decker ne comprenait plus rien.

— Oui. Son otage. Le grand blond qui est à ses côtés. Il s'appelle Erik Koskinen. C'est un dangereux criminel de chez nous, qui est sous mandat d'arrêt international pour enlèvement, viol sur mineure et meurtres. Si nécessaire, Interpol Helsinki le confirmera à Interpol Berne.

— Et Walker ? D'où le connaissez-vous ?

— Sa famille a été victime des agissements de Koskinen dans mon pays.

Decker, Gallys et le chef de quart affichèrent une moue dubitative.

— Tout ça me paraît très compliqué, finit par répondre le négociateur.

— Il n'y a rien de bien compliqué, corrigea Svindal. C'est l'histoire du chasseur chassé. Koskinen fait disparaître la famille de Walker en Laponie. Il vient en Suisse pour achever son travail et les événements se retournent contre lui. Rien de plus simple.

— Il a tué la famille de Walker ?

— Nous n'avons retrouvé que deux corps sur quatre. Si je suis en Suisse dans le cadre de cette commission rogatoire internationale, c'est parce que j'ai récemment pu localiser Koskinen grâce à la téléphonie. Il est ici, dans votre pays. Mon but est de l'arrêter, de le faire extrader et de le contraindre à me dire ce qu'il a fait des deux corps disparus. Ça me permettrait de boucler mon enquête.

— Pourquoi s'en est-il pris aux Walker ?

— Parce qu'il est fou.

— Au point de traquer le dernier survivant de cette famille jusqu'ici ?

Svindal ne répondit pas tout de suite à la dernière question de Decker. Il s'approcha du bus et jeta un coup d'œil à la carte de l'état-major. Il visionna les trois points marqués au feutre rouge, désignant les emplacements des *snipers* du groupe Cougar.

— Un dément n'a nul besoin d'une raison valable pour accomplir ce qu'il croit être son destin, murmura-t-il entre ses dents.

*

— Walker ?

Comme prévu, la voix de Decker sortit des haut-parleurs de la scène et résonna sous le chapiteau. La puissance sonore fut aussitôt réduite pour éviter que la négociation ne parvienne aux oreilles du public, tenu à l'écart du périmètre de sécurité. Les yeux du preneur d'otage s'écarquillèrent, paniquèrent et cherchèrent la source de cet appel.

Le *sniper* placé au sommet de la tour de la régie renseigna son chef sur les réactions de la cible.

— Walker, c'est bien vous ?

— C'est moi ! hurla le Neuchâtelois.

Ses réponses parvenaient au bus aménagé en PC opération par un micro unidirectionnel ultrasensible, dont l'antenne était dirigée vers l'objectif par un membre du Cougar.

— Vous et moi, nous allons parler un peu. Vous le voulez bien ?

Nouveau hurlement.

— De quoi ?

— De la Laponie.

— Pourquoi ? cria l'homme sur la scène.

— Parce qu'il faut tout me dire, Walker. Je suis en mesure de vous comprendre, mais il faut me dire ce qui s'est passé en Laponie. Ça vous fera du bien d'en parler… Walker ?

— Quoi ?

— Qu'est-ce qui s'est passé en Laponie ?

Le preneur d'otage s'étrangla à moitié en répondant d'une voix tremblante :

— Le deuxième jour…

— Je vous écoute, Walker. Qu'est-ce qui s'est passé, le deuxième jour ?

— Nous sommes allés voir les rennes…

— Les rennes ?

— Nous avons fait un tour en traîneau tiré par des rennes. Comme le Père Noël. Mais la police nous a menti…

— La police ?

— Oui, la police finlandaise. Elle nous a menti !

À la limite de l'hystérie, le Neuchâtelois hurla cette dernière phrase. Il gesticulait avec son arme dans sa main droite. Son comportement alarma le *sniper*, qui fit immédiatement rapport au capitaine Gallys. L'otage paraissait effrayé et protégeait sa tête entre ses mains. Le chef du Cougar griffonna l'information au feutre rouge sur une ardoise et la montra à Decker.

— Calmez-vous, Walker, reprit ce dernier.

La cible obtempéra.

— Vous… vous êtes avec Svindal ?

Le négociateur se tourna vers le policier finlandais, qui l'autorisa d'un geste de la tête à répondre positivement.

— Oui, il est à côté de moi.

— Il sait, lui. Demandez-lui. Il sait qu'ils nous ont menti, son lieutenant et lui.

— Son lieutenant ?

— Sjöberg. Il s'appelait Sjöberg.

— Sur quoi vous ont-ils menti ?

— Ils nous ont juré qu'ils interpelleraient Koskinen à la ferme des huskies, le matin du deuxième jour. Mais ils ne l'ont pas fait. Et Alia a disparu la nuit suivante !

12

La neige tombait quasiment à l'horizontale lorsque le commissaire Svindal et l'inspecteur Sjöberg frappèrent à la porte de la cabane des Walker, sur le coup des vingt heures. Le jour avait disparu depuis plus de quatre heures, cédant d'abord sa place à un long halo crépusculaire, avant de s'effacer complètement devant la nuit noire.

La Laponie vivait au ralenti à l'intérieur du cercle polaire, à l'approche de la fin de l'hiver. Les journées s'allongeaient pour les Finlandais du Nord, mais les touristes demeuraient en total décalage avec leurs habitudes. Rolf, Sandra et les enfants n'échappaient pas à cet étrange malaise depuis leur arrivée : l'impression que le journal télévisé de vingt heures était diffusé à minuit.

Les deux policiers de Kittilä furent invités à entrer dans le salon. Ils se dévêtirent partiellement, ouvrant leurs doudounes matelassées et ôtant leurs gants. Svindal sortit son calepin et son stylo.

Sur la table à manger, les restes d'un pavé de saumon reposaient négligemment dans une poêle à frire. L'odeur du poisson flottait encore dans la pièce.

— Qu'est-ce qui se passe ? demanda le commissaire.

— C'est Alia… commença Sandra d'une voix tremblante, qui reflétait une terrible inquiétude.

— Notre fille a disparu, compléta Rolf.

— Calmez-vous, invita Sjöberg. Dites-nous ce qui s'est passé.

Walker reprit :

— Elle jouait dehors avec Quentin. Ils étaient sortis faire un igloo derrière la cabane, après le souper. Nous les voyions depuis les fenêtres du salon. Ils avaient pris des lampes de poche. Ils rigolaient bien…

*

Un peu plus tôt dans la soirée.

— Chéri, tu ne crois pas qu'on devrait leur dire de rentrer ? Il se fait tard et…

— Et quoi ? répondit Walker à sa femme, en décapsulant une Lapin Kulta. Laissons-les décompresser. C'est les vacances.

— Je n'aime pas ça.

— Quoi ?

— Les laisser jouer dehors, sous la neige, en pleine nuit. Ce n'est pas très responsable de notre part. Et cet igloo me rappelle…

— Ton rêve ?

— Mon cauchemar.

Dès le début, Sandra n'avait pas aimé cette idée de Laponie. Elle l'avait carrément détestée depuis la nuit précédant le voyage.

— Ça n'avait rien de prémonitoire, mon amour. Rassure-toi ! Les dons de divination n'existent pas, si ce n'est dans l'imagination de ces charlatans de médiums et de leurs clients trop crédules.

— Qu'en sais-tu ?

C'était un sujet que Rolf évitait d'ordinaire. Il savait que son épouse et lui avaient des opinions divergentes à ce propos.

Par acquit de conscience, il jeta un coup d'œil à l'extérieur et il vit sa fille en train de creuser un trou dans la neige avec une pelle. Quentin l'aidait en dégageant les morceaux de neige tassée qu'elle parvenait à extraire.

— Alia est une adulte, maintenant. Elle sait ce qu'elle fait. C'est une fille prudente et intelligente.

La phrase de Rolf ne rassura guère Sandra, mais il ne fut pas certain de l'avoir prononcée pour elle. Ni pour la rassurer. Il y avait une forme de nostalgie dans la voix de Walker, qui ne parvenait pas à effacer de douloureux souvenirs de sa mémoire.

— C'est normal, railla Samuel en levant les yeux de sa console de jeux. C'est ta fille…

Les mots glacials étaient empreints de perfidie, comme le sifflement du serpent. Walker se contint face à la défiance de son fils.

— C'est notre fille, corrigea-t-il en demeurant calme en apparence, mais bouillonnant à l'intérieur.

De son côté, Sandra ne put se contenir face à cette énième provocation de leur aîné. Depuis qu'il avait entendu ce qu'il n'aurait jamais dû entendre, l'adolescent ne parvenait ni à comprendre, ni à pardonner l'infidélité de sa mère. Elle l'avait déjà giflé une fois sous le tipi de la ferme des huskies. Elle s'en était voulu de s'être ainsi laissé emporter devant des tiers, des inconnus. Mais là, ses deux autres enfants jouaient dehors. Hormis son mari, il n'y aurait aucun témoin de la scène. Elle reposa l'assiette qu'elle tenait dans ses mains, traversa le salon comme une furie et gifla Samuel une nouvelle fois.

Violemment.

Blessé à vif dans son orgueil, l'adolescent se leva d'un bond et fit face à sa mère. Il était devenu plus grand qu'elle. Elle ne se laissa pas intimider et cria :

— J'ignore ce que tu crois avoir entendu entre ton père et moi lors de notre dispute de l'année dernière, mais tu as certainement dû mal interpréter…

— Oh non, maman ! cracha haineusement le jeune homme. J'ai parfaitement enregistré chacun de vos mots. Je…

— Taisez-vous ! s'interposa Walker.

Un bref silence regagna la cabane.

— Je ne veux plus qu'on parle de ça, finit-il par lâcher tristement. Ta mère et moi, nous avons déjà assez souffert. Nous devons aller de l'avant.

— Et moi ? se mit à pleurer rageusement Samuel. Avez-vous seulement pensé à moi ? Et Alia et Quentin ? Quand est-ce que vous comptez leur dire la vérité ?

Sandra et Rolf ne surent quoi répondre. Ils se regardèrent avec des points d'interrogation dans les yeux. Le désarroi pouvait se lire sur leurs visages.

Avaient-ils fait le bon choix ?

Pour le bien de la famille ?

Peut-être.

C'est en tout cas ce qu'ils avaient pensé jusqu'à cette maudite dispute lors de laquelle ils s'étaient lâchés, ignorant que Samuel était réveillé et les écoutait. Aujourd'hui, ils étaient perdus l'un et l'autre, ne sachant trop quelle nouvelle option choisir.

Leur silencieuse et douloureuse remise en question fut troublée par un tambourinement contre la vitre de la terrasse. Derrière celle-ci, le faisceau d'une lampe de poche dansait dans le noir. Ils reconnurent Quentin.

Son père alla lui ouvrir.

— Tu ne rentres pas par là, intima-t-il à son fils cadet. Tu es tout mouillé. Tu fais le tour par la porte principale, pour te changer dans le vestibule. Et tu dis à ta sœur que, pour elle aussi, c'est l'heure de rentrer.

L'enfant prit un air désolé.

— Je ne sais pas où elle est.

Rolf le regarda, étonné.

— Comment ça, tu ne sais pas où elle est ?

— Elle n'est plus là. Elle est partie.

— Partie ?

Walker jeta un coup d'œil inquiet derrière Quentin, mais il ne vit aucune lumière dans l'obscurité. Il n'y avait nulle trace d'une autre torche électrique.

— Où est Alia ? répéta-t-il à l'enfant.

— Je ne sais pas.

— Mais tu viens de dire qu'elle était partie. Où est-elle allée ?

— Elle ne m'a pas dit. Elle est partie.

— Seule ?

— Je ne sais pas.

Un vent de panique envahit la pièce. Les parents d'Alia pensèrent immédiatement à Erik Koskinen. Le maître de la ferme des huskies demeurait présent dans leurs esprits depuis la veille. Sandra et Rolf bondirent à l'extérieur de la cabane. Ils se mirent à hurler le nom de leur fille dans le noir, mais seul le souffle continu de la tempête de neige leur fit écho.

*

Les deux policiers de Kittilä interrogèrent brièvement Samuel et Quentin. Les garçons ne leur apprirent rien de plus, après le récit que venait de faire Walker.

— Votre fille possède-t-elle un téléphone portable ? demanda Svindal.

— Oui, répondit Sandra. Mais elle l'a laissé sur sa table de nuit.

Elle tendit l'appareil allumé à Sjöberg, qui en examina rapidement la mémoire. A priori, il n'y trouva rien d'intéressant.

— Dommage qu'elle ne l'ait pas sur elle, murmura le commissaire. Nous aurions pu la localiser.

— Qu'est-ce que vous comptez faire ? demanda Rolf.

Les policiers se regardèrent d'un air grave, puis ils regardèrent tous les deux à l'extérieur. Dehors, la tempête faisait rage. Ils semblèrent se comprendre et Svindal conclut :

— Il faut agir rapidement, avant que la neige n'efface toutes les traces. Votre femme restera ici avec le petit, pour le cas où Alia reviendrait d'elle-même. Quant à votre aîné et vous-même, habillez-vous !

— Comment ?

— Le plus chaudement possible. Ne lésinez pas sur les couches d'habits et mettez des cagoules. Il va faire très froid. Nous vous prêterons des lunettes de tempête. Votre fils Samuel suivra mon adjoint Sjöberg et vous m'accompagnerez.

*

Les faisceaux des phares des motoneiges balayaient les flocons. Filant à pleine vitesse dans la nuit polaire, les deux engins traversèrent d'abord la forêt entourant le complexe des cabanes en rondins de bois.

Ils passèrent ensuite sur le pont enjambant la piste de ski de fond, longèrent une petite plaine parsemée de pins et de bouleaux, puis stoppèrent à proximité des berges du lac gelé. À cet endroit, les deux enquêteurs de Kittilä se concertèrent en finnois. Après avoir examiné des traces à peine visibles dans la neige, ils prirent la décision de se séparer.

La machine de Svindal prit par la droite et longea le chemin qui contournait le lac par le nord. Assis derrière lui, Walker se cramponnait à ses hanches et se protégeait le visage comme il le pouvait. Les bourrasques glacées, amplifiées par la vitesse du bolide, fouettaient ses joues exposées.

Loin sur sa gauche, il vit l'engin de Sjöberg emmener Samuel à travers le lac, en direction des lumières d'Äkäslompolo. Munie de sa chenille arrière centrale et de ses patins avant, la motoneige pouvait aisément dépasser cent vingt kilomètres à l'heure sur une surface plane. En moins de trois minutes, l'inspecteur et l'adolescent rejoindraient le village sur la rive opposée. La machine soulevait des nuages de neige dans son sillage. Le faisceau du phare finit par s'estomper et disparaître dans la tempête.

Parvenu à une intersection, le commissaire stoppa une nouvelle fois sa machine, sans en couper toutefois le moteur. Il se tourna vers Rolf et cria en anglais :

— Votre fille connaît-elle la région ?

— Non. C'est la première fois que nous voyageons en Laponie.

— En êtes-vous sûr ?

La question intrigua Walker.

— Oui, pourquoi ?

— Si j'en crois les traces dans la neige, elle marche seule dans cette direction.

— Comment savez-vous que c'est elle ?

— Ces traces sont fraîches.

— Ça pourrait être quelqu'un d'autre.

— Certes, mais ce sont des chaussures de petite taille et il n'y a pas grand monde qui s'aventure dehors par ce temps. D'ordinaire, les Lapons restent chez eux devant un bon feu de cheminée, quand il neige comme ça. Ils ne sont pas suicidaires.

— Suicidaires ? s'inquiéta Rolf.

— Si on n'est pas habillé correctement, on ne peut pas survivre plus d'une heure dans de telles conditions. Alia était-elle suffisamment vêtue ?

— Oui. Enfin, je crois…

Walker hésita, avant de reprendre :

— Ça dépend ce que vous entendez par « suffisamment vêtue ».

— Ça veut dire un peu plus chaudement que les vêtements d'hiver que les Européens emmènent usuellement avec eux pour leurs séjours ici. D'ordinaire, ce n'est pas suffisant pour affronter durablement des températures de moins trente degrés. C'est pour ça que les agences locales disposent de combinaisons et de bottes adéquates pour les touristes. À défaut, ce sont des engelures assurées.

— Des engelures ?

— Quand c'est le moins grave.

— Que voulez-vous dire ?

— On a parfois retrouvé des imprudents en hypothermie. Il ne faut pas braver le froid polaire sans quelques connaissances de base. Quand on est ignorant, mieux vaut se montrer humble face à la nature, car cette dernière peut se montrer cruelle.

Les paroles de Svindal ne rassurèrent pas Walker. Alia était sortie avec sa combinaison de ski pour construire un igloo à proximité de la cabane. Elle n'était pas équipée pour affronter de telles conditions.

— Où mènent ces traces ? demanda-t-il.

— Elles s'éloignent du lac, en direction de la Plaine des Loups.

— La Plaine des Loups ?

— C'est une vallée sauvage, de l'autre côté de cette colline. Il n'y a rien là-bas. Excepté des arbres et de la neige à perte de vue.

— Il y a des loups ?

— Je n'en ai jamais vu, mais c'est possible. Quoique d'ordinaire, ils ont peur de l'homme.

— Sauf s'ils ont faim.

Le commissaire sourit sous sa cagoule.

— C'est un mythe, monsieur Walker. Les hommes ont tué beaucoup plus de loups que le contraire. Vous pouvez me croire. Si votre fille s'est aventurée là-bas, elle a beaucoup plus à craindre du froid que des bêtes sauvages. Accrochez-vous !

Rolf s'exécuta. Il s'agrippa à nouveau à la taille de Svindal, qui remit les gaz tout à coup. La motoneige vrombit dans la nuit, s'éloigna des berges du lac gelé et prit la direction du sommet de la colline.

L'engin quitta une zone relativement plate et régulière, pour affronter un terrain plus accidenté, recouvert d'une épaisse couche de neige poudreuse dissimulant des obstacles traîtres, comme des pierres, des souches et des troncs d'arbres. Zigzaguant entre les pins, il gravit la pente.

Une fois à l'abri de la forêt, les deux hommes constatèrent une amélioration de la visibilité. La tempête montrait-elle un premier signe de faiblesse ? Walker l'espérait de toutes ses forces, cherchant désespérément un coin de ciel dégagé entre les cimes recouvertes de neige. Dans l'obscurité, il ne devina que des nuages. Aucune étoile.

Ils franchirent le sommet de la colline et attaquèrent la descente de l'autre versant. De temps à autre, Svindal donnait des coups de frein, afin d'empêcher sa machine de s'emballer dans la pente. Les patins dérapaient, avant de retrouver une direction plus ou moins maîtrisée entre les arbres.

*

La Plaine des Loups était sinistre de nuit. L'endroit ressemblait à un grand désert blanc à perte de vue. On ne pouvait y accéder qu'à pied ou en motoneige. Aucun éclairage public ne marquait un quelconque signe de civilisation. Pas même à l'horizon. S'il y avait un enfer en Laponie, il se trouvait là.

Combien de temps avaient-ils mis pour y parvenir ? Quinze minutes ? Peut-être vingt ? À pied et sans raquettes, Walker estima qu'il faudrait des heures pour atteindre ce désert. Mais peut-être se trompait-il.

Tout était si relatif dans ce pays. Les jours, les heures, les minutes. Les kilomètres, les mètres. La luminosité. La nuit. La neige. Le vent. Tout semblait tellement plus compliqué qu'en Suisse. Mais ça ne l'était peut-être pas autant qu'il l'imaginait. Après tout, les Lapons avaient dû apprendre à dompter ces obstacles naturels.

D'interminables minutes – peut-être plus d'une heure – s'étaient écoulées entre l'appel des Walker à la police et l'arrivée des deux limiers de Kittilä.

Quand Svindal stoppa son engin au milieu de nulle part et coupa le moteur, l'endroit retrouva son silence. Les bourrasques de vent ne parvenaient pas jusqu'ici. La colline faisait barrière et les protégeait de la tempête. Les flocons semblaient de nouveau obéir aux lois de la gravité. Il neigeait calmement, à la verticale. Par moments, un léger souffle formait de petits tourbillons blancs autour d'eux.

Le commissaire examina des traces à peine perceptibles dans la poudreuse. Elles étaient à moitié effacées et s'éloignaient vers le centre de la plaine. Il releva la tête et son regard traça une ligne droite imaginaire dans cette direction, à la recherche d'une forme humaine ou d'un nouvel indice.

— Vous voyez quelque chose ? demanda Rolf.

— Peut-être, murmura Svindal sans quitter des yeux un point foncé non identifiable.

— C'est elle ?

— Je ne sais pas.

Il remit le moteur en marche et lança son bolide à pleine vitesse à travers le champ de neige. Avec les secousses et l'impact de l'air glacé sur son visage, Walker peinait à distinguer les choses. Le froid mordait ses joues, dans l'interstice entre sa cagoule et ses lunettes de tempête. Il baissa la tête et se protégea derrière le conducteur qu'il tenait fermement par la taille.

Quand enfin la machine ralentit à nouveau après une courte mais intense chevauchée, il releva les yeux.

Le point noir s'était transformé en croix dressée, puis en forme humaine immobile. Il reconnut les vêtements de sa fille. Elle était debout et avait les bras écartés, comme si elle cherchait à leur barrer la route.

Elle ne bougeait pas.

Elle était recouverte de neige.

Telle une statue de glace.

Autour du corps d'Alia, Walker devina du sang.

13

La voix de Gil Decker résonna dans les puissants haut-parleurs de la scène.

— Walker ?

— Quoi ? hurla le preneur d'otage.

— Avant de poursuivre notre discussion, j'aimerais savoir si l'homme qui est couché devant vous est encore vivant. A-t-il besoin de soins ?

Les yeux du Neuchâtelois se perdirent à nouveau dans la mare de sang qui entourait le corps du chanteur du groupe Michigang, puis dans le trou qui déformait son front.

— Non. Il n'a plus besoin de quoi que ce soit. C'est trop tard pour lui. Et il en ira de même de Koskinen, s'il ne me dit pas ce qui est arrivé à Alia.

— Calmez-vous, intervint le négociateur. Et racontez-moi la suite. Qu'est-ce qui s'est passé en Laponie ?

Encore cette putain de question…

— Foutez-moi la paix ! vociféra Walker en gesticulant avec son arme.

Le *sniper* installé sur la tour de la régie en informa aussitôt par radio les occupants du bus aménagé en PC opération.

— Très bien, acquiesça calmement Decker sur un ton empli d'empathie. C'est vous le maître des lieux. Je vous écoute. Dites-moi ce que vous voulez.

Le micro unidirectionnel fourni par le GI transmit la réponse du preneur d'otage au bus de l'état-major de crise.

— Ce que je veux ? hésita-t-il. Mais je ne veux rien, moi. Je veux juste qu'on me laisse tranquille avec cette histoire. Qu'on me foute la paix, qu'on m'accorde le droit d'oublier et qu'on me laisse refaire ma vie. C'est tout ce que je demande. Ce n'est pas moi, le méchant de l'histoire. C'est lui…

Il désigna le géant blond à ses côtés.

— … ou alors, c'est celui qui est avec vous, ajouta-t-il.

Decker ne fut pas sûr de saisir le sens de la dernière phrase.

— Svindal ?

— Oui, Svindal.

— Mais c'est un commissaire de la police finlandaise, Walker. Vous le savez bien. Il est ici pour arrêter Erik Koskinen et le ramener dans son pays. Celui-ci paiera pour ce qu'il a fait à votre famille. Je vous le promets.

— Comme Svindal et Sjöberg ont promis d'arrêter Koskinen le deuxième jour ? Ils ont menti. S'ils avaient tenu parole, rien de tout ça ne serait arrivé.

Un négociateur ne devait rien promettre. Decker fit une exception à la règle.

— Peut-être. Mais aujourd'hui, c'est moi qui vous fais cette promesse. Et je la tiendrai. Livrez-nous Erik

Koskinen vivant et je vous jure que vous n'entendrez plus jamais parler de lui. C'est à la justice finlandaise de régler son cas. Pas à vous !

— Moi, je ne voulais rien régler du tout. Ce sont eux qui sont venus jusqu'ici pour me chercher.

Decker regarda ses voisins de table, qui lui firent signe de poursuivre la négociation. Dans un canal parallèle, Gallys donna l'ordre à ses hommes de ne rien tenter et d'attendre de nouvelles directives.

— D'accord, Walker. Dans ce cas, mettez un terme à tout ceci et laissez-nous prendre les choses en main.

— Et je pourrai rentrer chez moi ?

Decker ne se sentit pas l'âme de mentir. Il existait d'ailleurs une règle stricte de déontologie : un négociateur ne devait jamais mentir à son interlocuteur, ni tenter de le manipuler, même pour la bonne cause. Il en allait de la crédibilité de la fonction.

— Il y a quand même eu mort d'homme…

Il ne jugea pas utile de parler de la femme du carré VIP.

— … mais avec un bon avocat, reprit-il, vous pourrez sans doute plaider l'homicide par négligence, voire la légitime défense ou l'état de nécessité. Je suis sûr que vous n'étiez pas vous-même au moment des faits. Vous n'avez pas eu l'intention de provoquer cette issue fatale, n'est-ce pas ?

Le preneur d'otage ne fut pas dupe.

— Si seulement il n'y avait qu'un mort… Arrêtez votre baratin ! Vous savez qu'il y en a d'autres. Vous le savez très bien.

D'autres…

Les policiers comprirent que la femme du carré VIP et le jeune chanteur n'étaient pas les seules victimes de cette dérive.

— Combien d'autres, Walker ? demanda le négociateur.

— Je ne sais pas.

Il compta les coups de feu dans sa tête. La femme. Le technicien. L'agent de sécurité. Le chanteur. Il ne put ignorer non plus les deux corps qui ne bougeaient plus au pied de la scène depuis la bousculade.

Ces derniers se trouvaient dans une zone d'ombre sur un côté du chapiteau. La police n'avait pas dû les apercevoir jusqu'à présent. Walker ne fut pas certain qu'ils étaient morts. Dans tous les cas, ils étaient immobiles. Leurs vêtements étaient déchirés, conséquence de la vague de panique qu'il avait provoquée par ses coups de feu en direction de la régie. Ils avaient été piétinés.

— Quatre ou cinq autres, conclut-il.

— Quatre ou cinq ? s'étonna Decker.

— C'est ce que j'ai dit. Ça fait un peu trop de cadavres pour faire croire à un accident, n'est-ce-pas ?

« Je ne sais pas » fut la première réponse qui vint à l'esprit du négociateur. Une phrase à bannir, comme toutes celles présentant une connotation négative. Les mots « non » et « reddition » étaient formellement proscrits du langage de la négociation.

— C'est à la justice de trancher, finit-il par admettre. Ce que je sais en revanche, Walker, c'est que vous pouvez arrêter tout ça et ne pas aggraver votre situation.

— En vous livrant Koskinen ?

— Exactement.

— Et pour les autres ?

— Le tribunal devra tenir compte de votre coopération et de votre repentir sincère. Je suis sûr qu'il saura comprendre qu'avant que vous ne retrouviez la raison, vous n'étiez plus vous-même.

— Vous pouvez me le promettre ?

Il y eut un silence.

— Bien sûr que non, lâcha malencontreusement Decker. Je suis de la police, pas de la justice. Mais c'est la police qui exposera les faits au procureur et au tribunal. Et vous avez encore la maîtrise de ces faits. Allons Walker, soyez raisonnable et j'en ferai état dans mon rapport d'intervention. Ça, je suis en mesure de vous le promettre.

Il y eut un nouveau silence pesant, avant la réponse du preneur d'otage.

— Je ne vous crois pas.

— Et pourtant, je vous le jure.

— Je veux l'entendre de la bouche d'un flic en qui je peux avoir confiance.

— Vous pouvez me faire confiance.

— Je ne vous connais pas.

— C'est vrai, vous avez raison, Walker. Moi non plus d'ailleurs, je ne vous connais pas. Mais je sais reconnaître certaines qualités humaines. Et vous en avez.

— Qu'en savez-vous ?

— Je le sais, c'est tout.

— L'instinct du flic ?

— Si vous voulez.

— Ça ne me suffit pas.

Decker sentit que la situation lui échappait et il se tourna vers ses collègues. Gallys saisit le feutre rouge et gribouilla rapidement sur la tablette :

Demande-lui s'il connaît un flic
en qui il aurait confiance

Le négociateur suivit la suggestion du chef du Cougar et la réponse de Walker ne se fit pas attendre.

— Je veux parler au commissaire Boileau.

Gil Decker ne put réprimer un sourire de dépit.

*

Marc Boileau commanda un coca et s'assit à une table de la cafétéria de l'hôpital Pourtalès. À sa droite, une jeune fille discutait avec une personne âgée en convalescence, son père ou son grand-père. Il était difficile de donner un âge au patient à la chemise bleue ouverte dans le dos. Une table plus loin, trois infirmières profitaient d'une pause-café en refaisant le monde. Quelques conciliabules et sourires moqueurs laissaient deviner qu'elles échangeaient les dernières rumeurs de la grande maison.

Le commissaire en conclut que le monde médical ne devait guère être différent du sien. On flirtait, on couchait et on se mariait entre flics, comme on devait le faire entre soignants. Les intérêts communs bien sûr, mais pas seulement ; le partage du même stress, des mêmes missions d'intérêt public et des mêmes horaires décalés – difficilement conciliables avec ceux des personnes étrangères à ces deux univers – les rapprochaient inéluctablement.

Aline était une exception. Elle n'appartenait pas au monde de la police, mais elle avait résisté. Aux absences de son mari lors d'enquêtes délicates, à la crainte de voir deux gendarmes venir l'informer d'une mauvaise nouvelle, à ses sorties entre collègues dans le cadre de ce qu'il appelait des débriefings, à son infidélité qui avait failli briser leur couple. Elle avait fait preuve d'intelligence et d'une faculté de pardon hors du commun, mais payées au prix fort. Celui de voir son stress développer la pire des maladies.

Putain de cancer…

Le commissaire regarda sa montre. Il était tard. Et ces maudits toubibs qui ne donnaient toujours pas de nouvelles. L'opération était longue. Trop longue. C'était mauvais signe. Il le savait.

On ne gagne jamais contre les animaux, mon cher Marc.

La phrase claqua sur sa droite. Il dut se contenir pour ne pas sursauter, sans quoi son comportement aurait pu attirer l'attention.

Si la chaise à côté de lui était vide pour les autres, elle était occupée à ses yeux.

Putain, Mike ! Tu m'as fichu une de ces trouilles…

Le fantôme de son jeune collègue métis le dévisageait avec un sourire au coin des lèvres. Il affichait une vilaine blessure par balle à la gorge. Du sang suintait de l'orifice et maculait son t-shirt blanc.

C'est le crabe qui te fait peur, Marc. Pas moi. Ta femme et toi ne gagnerez pas contre lui. Rappelle-toi… Ce sont les animaux qui gouvernent le monde !

Qu'est-ce que tu fous là, Mike ?

C'est ma maison, ici. C'est là que tu m'as vu la dernière fois, sur la table d'autopsie du sous-sol. Je vis entre ces murs blancs et les couleurs de mon Afrique natale.

Je suis désolé pour toi.

Pourquoi ? Parce qu'un flic a tué un flic dans un duel épique ? Il ne faut pas. C'est là tout le jeu de la vie et de la mort. J'ai perdu. Dan a gagné. C'est tout !

Tu l'as quand même cherché, non ?

Cherché ?

Il fallait le faire, d'être désabusé à ce point de la police à l'âge de trente ans, pour décider de faire justice soi-même, non ?

Je n'étais pas désabusé, Marc. J'ai voulu faire bouger les choses, tout simplement, en nettoyant un peu ce monde perverti par toute cette gangrène.

Tu as voulu jouer au shérif !

Le fantôme exprima un sourire hautain.

Et le shérif s'est fait descendre par son meilleur ami, qui ne partageait pas ses convictions... Amen !

Dan a fait le bon choix, Mike ! Au fond de lui, il le sait. Même s'il peine à se remettre de cette tragédie.

Peut-être... Et toi, Marc, es-tu à ce point désabusé de la police que tu ne veuilles pas répondre à une situation urgente qui requiert ta présence sur les lieux ?

Je n'ai rien à faire là-bas.

Tu te trompes...

Je dois rester au chevet d'Aline.

Elle mourra, avec ou sans toi...

Tais-toi !

Le fantôme de son ancien collègue de la police judiciaire éclata de rire, avant de se dissiper lentement dans l'immensité du hall de l'hôpital Pourtalès. Quand la chaise sur sa droite parut vide, Boileau entendit encore le son de sa voix mourir en écho.

Tu ne peux rien faire contre le crabe...

Les animaux gagnent tout le temps...

Ils dominent le monde...

Elle mourra...

Ta femme mourra...

Nerveux, le commissaire se leva soudain de son siège, s'empara de son coca et le balança à travers la cafétéria. Le verre se brisa avec fracas contre un mur. Tous les regards se tournèrent vers lui. Il y lut de la surprise, de l'incompréhension, de la réprobation et de la pitié. Il s'apprêtait à répondre quelque chose à ses interlocuteurs silencieux, lorsque son portable vibra.

Il sut tout de suite que ce n'était pas un appel des médecins. Il décrocha, écouta, puis quitta l'hôpital sous les yeux médusés des mêmes personnes qui n'avaient pas compris cet accès soudain de colère.

En cheminant vers sa voiture, il tenta de s'imaginer la situation que Gil Decker venait de lui résumer.

*

Boileau évita volontairement l'avenue du Premier-Mars et le quartier des Beaux-Arts. Il savait que le périmètre serait bouclé de toutes parts et qu'il serait difficile de franchir les nuées de badauds agglutinés tout autour du premier cordon de sécurité. Entre les curieux et les festivaliers qui avaient déserté l'enceinte suite aux coups de feu, l'endroit devait être en effervescence.

Ne souhaitant pas compliquer encore plus la lourde tâche des gendarmes et des agents de sécurité publique appelés en renfort, il viola un sens interdit. Peu après le bâtiment du journal *L'Express*, il contourna le stade de la Maladière et passa au nord des patinoires du Littoral.

Au bout de la rue, il fut arrêté par quatre collègues en uniforme, qui s'apprêtaient à le sermonner vertement. Baissant la vitre de la Citroën, il leur montra sa carte et leur exposa brièvement les motifs de sa présence.

Les gendarmes s'excusèrent platement de ne pas l'avoir reconnu, lui indiquèrent qu'il pouvait garer sa voiture sur le parking de la faculté des lettres, à proximité de plusieurs véhicules de premiers secours, et qu'il pouvait rejoindre le PC opération du côté du lac, par l'entrée secondaire du festival.

Ils écartèrent la Rubalise rouge et blanche délimitant le périmètre de sécurité pour le laisser passer, sous les yeux d'une poignée de journalistes qui en profitèrent pour prendre quelques photos.

*

— Pourquoi moi ? demanda Boileau.

— Nous l'ignorons, répondit Gallys.

— Il a dit qu'il n'a confiance qu'en toi, compléta Decker.

— Mais comment est-ce possible ? Je ne le connais pas. Son nom ne me dit rien. Vous avez une photo de lui ?

Dans la fournaise du bus de l'état-major de crise, le chef de quart pianota sur les touches d'un ordinateur portable, puis tourna l'écran de telle manière que le nouvel arrivant puisse le voir.

— Il n'a pas été dactyloscopié, mais nous avons accès au registre du SCAN.

La base de données du Service cantonal des automobiles et de la navigation contenait toutes les photos intégrées sur les permis de conduire des véhicules.

Boileau confirma :

— Son visage ne me dit rien.

— Mais lui, il te connaît, répondit Decker.

— Ça n'a pas de sens…

En murmurant cette dernière réflexion, il se tourna vers Gallys.

— Vous êtes combien, Manu ?

— Avec moi, douze membres du Cougar.

— Des *snipers* ?

— Trois. Ils sont déjà en place.

— Où ça ?

Le chef du groupe d'intervention indiqua les emplacements à Marc Boileau sur la carte topographique des Jeunes-Rives.

— Et les huit autres ?

— Ils couvrent les accès au chapiteau et attendent les ordres.

— Équipement lourd ?

— La totale.

Le commissaire réfléchit un instant, puis annonça :

— OK. Je reprends la négociation. Mais à une condition.

— Laquelle ? demanda Gallys.

Dans son coin, Gil Decker sourit. Il savait ce que son formateur allait exiger et ça n'allait pas plaire au chef du Cougar.

— Tes hommes, en particulier les *snipers*, n'obéiront qu'à mes ordres et à personne d'autre.

— Mais… tenta d'objecter le chef du GI.

— C'est comme ça et pas autrement ! le coupa le négociateur. Ou je m'en vais sur-le-champ et je retourne à l'hôpital auprès de ma femme.

D'un simple regard, Decker communiqua à Gallys qu'il n'y avait pas d'autre alternative. Ce dernier le comprit et se résigna à accepter, la mort dans l'âme.

— Soit… Mais sache que je n'aime pas ça. Tu connais pourtant la règle de base : celui qui commande ne négocie pas et celui qui négocie ne commande pas. D'ordinaire, chacun à sa place.

— Il n'y a rien d'ordinaire aujourd'hui, Manu. Ma place devrait être aux côtés de ma femme à l'hôpital. Pas ici.

Il se tourna vers Decker et reprit :

— Gil, mets-moi en contact avec lui.

Son ancien élève enclencha le système de communication du bus et lui tendit le micro. Il le saisit, regarda ses collègues, leur sourit, se demanda une dernière fois s'il avait fait le bon choix, puis finit par s'adresser d'un ton posé au preneur d'otage.

— Walker ? Je suis le commissaire Marc Boileau. Vous avez demandé à me parler. De quoi voulez-vous qu'on parle ? De ce qui s'est passé en Laponie ?

14

Walker paniqua au moment où il reconnut les habits de sa fille. Il sauta de la motoneige en marche avant que Svindal n'eût le temps de l'en dissuader et il se mit à courir vers la silhouette humaine en croix.

Sous la neige qui tombait en formant çà et là des volutes en raison de faibles rafales, Alia se tenait debout, immobile, les yeux clos et les bras écartés, comme si elle cherchait à leur barrer la route. Elle semblait avoir gelé sur place.

Rolf hurla le prénom de sa fille. Son cri de désespoir résonna en écho dans la Plaine des Loups et se perdit dans la nuit polaire. Voyant le sang qui maculait ses habits et la couche de poudreuse qui la recouvrait déjà, il envisagea le pire.

Des larmes lui montèrent aux yeux, sous ses lunettes de tempête, tandis qu'il peinait à avancer vers la statue de glace. Petit à petit, il distingua les traits familiers du visage d'Alia. Les chairs de l'adolescente avaient viré au violacé.

— Non, pas ça ! pleura Walker. Non, mon Dieu, tout mais pas ça…

Derrière lui, le commissaire Svindal avait stoppé le moteur de son engin. Avant même de rejoindre son passager auprès du corps de la jeune fille, le policier finlandais passa deux appels au moyen de son portable. Il composa tout d'abord le numéro des urgences, qui le redirigea vers le centre de secours de l'hôpital de Kittilä. Puis il appela Sjöberg, afin de lui dire de cesser ses recherches et de venir le plus vite possible avec Samuel vers la Plaine des Loups. Son adjoint mit un certain temps à répondre, peut-être parce qu'il conduisait sa motoneige.

Walker avait pris Alia dans ses bras et couché son corps dans la neige. Il se tenait accroupi sur le chemin, la tête de sa fille sur ses genoux. La combinaison blanche de l'adolescente était maculée de traces de sang, dont l'origine n'était pas claire. Ses habits ne semblaient pas déchirés. Ce qui frappa Rolf était l'absence de gants. Les mains de sa fille étaient ensanglantées et gelées. Elle avait dû les passer sur son visage, éventuellement pour tenter de se protéger du froid, car ses joues, son nez et son front étaient également souillés de traînées rouges, alors qu'elle n'était pas blessée à la tête.

Ces questions ne furent toutefois pas sa préoccupation première. Il saisit la tête de sa fille entre ses mains et la secoua doucement, tout en cherchant à la réchauffer.

— Alia… la supplia-t-il de répondre. Alia, c'est moi. C'est papa. Réveille-toi, s'il te plaît. Réveille-toi !

Nerveusement, il lui tapota les joues, puis la gifla carrément, avant de lui saisir les mains pour les réchauffer dans les siennes. Lorsque Svindal arriva vers lui, le policier finlandais affichait une moue sceptique.

— Les secours vont arriver, annonça-t-il. L'hôpital de Kittilä envoie un hélicoptère.

— Avec cette tempête ? s'étonna Walker.

— Ils prennent le risque. Les bourrasques se sont calmées et c'est le moyen le plus rapide.

— C'est trop tard, abandonna Rolf. Je ne sens plus son pouls. Elle est morte.

Svindal s'agenouilla à côté de lui, enleva l'un de ses gants et chercha la carotide de la jeune fille, puis attendit.

— Non, finit-il par conclure. Elle est en vie. Mais plus pour très longtemps si nous n'agissons pas rapidement pour la réchauffer. Elle est en hypothermie et en état de choc. Restez ici avec elle.

Sans trouver quoi dire, Walker regarda le commissaire repartir vers sa motoneige. Il le vit redémarrer le moteur et partir. Dans un instant de doute, il crut que Svindal les abandonnait, lui et sa fille, à une mort certaine dans le grand enfer blanc. Il imagina la Plaine des Loups devenir leur tombeau à ciel ouvert. La nature sauvage les entourait sous une voûte céleste voilée de nuages. Ils ne mourraient pas sous une aurore boréale.

L'engin s'éloigna dans la nuit, mais ralentit aussitôt pour stopper une trentaine de mètres plus loin. Incrédule, Rolf devina son conducteur en descendre, traficoter autour de la machine, puis revenir vers eux en courant tant bien que mal dans les traces laissées par la chenille centrale.

Soudain, une explosion illumina les alentours et une boule de feu s'éleva dans les airs. Une puissante détonation survint aussitôt, suivie d'un souffle qui projeta Svindal au sol. Walker comprit que ce dernier avait bouté le feu au réservoir.

Le policier de Kittilä les rejoignit et saisit les pieds d'Alia.

— Mais qu'est-ce que vous faites ? cria le père de la jeune fille.

— Aidez-moi à la porter, ordonna Svindal. Soulevez-la en la prenant sous les bras. Nous allons la mettre près du feu.

— Vous êtes fou ? s'insurgea Rolf. Et si ça explose de nouveau ?

— Aucun risque, monsieur Walker. Ma motoneige n'avait qu'un seul réservoir, railla le commissaire.

Rolf finit par se lever et obtempéra aux ordres du policier. Ils transportèrent le corps de la jeune fille vers les flammes qui enveloppaient la carcasse de l'engin, sous une épaisse fumée noire. À bonne distance, ils sentirent la chaleur se dégager du brasier, qui consumait les flocons jusqu'à une altitude respectable. Le violent feu d'hydrocarbure dégageait une sensation de puissance et son halo devait se voir à des kilomètres à la ronde.

— Comment allons-nous rentrer ? s'enquit soudain Walker.

— Avec l'hélicoptère. Je ne pouvais pas mieux éclairer l'héliport.

— Et si les secours ne parviennent pas à décoller de Kittilä ?

— L'inspecteur Sjöberg nous trouvera un autre moyen de locomotion.

— Pour autant qu'il nous retrouve.

— Il le faudra bien, Monsieur Walker. Il le faudra bien. Sinon…

— Sinon ?

— Mes collègues devront procéder à trois levées de corps demain matin.

Rolf ne goûta pas le trait d'ironie, qui n'en était peut-être pas un. Son regard se perdit alternativement dans les flammes et dans les traits du visage de sa fille, qui tardait à donner un premier signe de vie.

*

Le souffle des pales chassait la poudreuse, qui s'envolait dans tous les sens en tourbillons, créant un opaque rideau blanc circulaire. Dans l'impossibilité de communiquer à cause du vacarme provoqué par les rotors, Svindal, Sjöberg, Walker et son fils Samuel regardèrent les secouristes emmener le corps d'Alia sur une civière. Une fois dans la carlingue, ils entreprirent de la dévêtir et de la recouvrir d'une couverture chauffante.

Un médecin urgentiste la mit sous perfusion et demeura auprès d'elle, tandis que son assistant rejoignait les deux policiers restés en retrait de l'hélicoptère. Ils échangèrent quelques mots en finnois.

— Qu'a-t-il dit ? s'inquiéta Rolf à la fin de la conversation.

— Que son état semblait stable, mais qu'il était inquiet pour deux de ses doigts.

— Pourquoi ?

— Selon lui, l'amputation est inévitable. Le froid les a tués.

Walker éprouva un haut-le-cœur.

— Qu'est-ce qu'on peut faire ? demanda-t-il à Svindal.

— Votre fils et vous, vous monterez dans l'hélicoptère et accompagnerez Alia à l'hôpital de Kittilä.

— Et vous ?

— Je rentrerai avec l'inspecteur Sjöberg. Nous irons prévenir votre épouse.

— Je l'ai déjà fait.

— Parfait. Dans ce cas, nous la véhiculerons par la route jusqu'à Kittilä avec votre fils cadet.

Rolf regarda le médecin assistant rejoindre l'hélicoptère, puis il relança le policier.

— Et le sang ? Il a dit quelque chose ?

Svindal parut gêné et finit par répondre :

— Votre fille va s'en tirer.

— Ce n'est pas ma question.

— Je sais… Mais vous n'aimeriez pas ma réponse.

— Vous devez tout me dire, commissaire. Elle est gravement blessée ?

— Non… Du moins pas comme vous le croyez. C'est bien son sang, mais…

— Mais quoi ?

— Le médecin a constaté qu'elle en avait pas mal au niveau des parties génitales. Selon lui, Alia a été violée.

Walker accusa le coup.

— Violée ? s'étrangla-t-il à moitié en répétant le mot. Mais par qui ? Et où ? En pleine nature ? Par ce froid ?

— C'est à nous de le découvrir. Laissez-nous faire notre travail. Le vôtre sera de soutenir votre fille. Elle en aura besoin.

Légèrement en retrait, l'inspecteur Sjöberg communiquait par radio avec la centrale de la police. Rolf ne comprit rien à la conversation, mais surprit dans celle-ci un nom qui lui était familier.

— Koskinen… souffla-t-il. Pourquoi votre collègue parle-t-il d'Erik Koskinen ? Celui-ci n'est-il pas en prison ?

— Non, lâcha Svindal, emprunté. Nous ne l'avons pas trouvé ce matin.

— Vous ne l'avez pas trouvé ? Mais comment cela…

— Il n'est jamais retourné à la ferme des huskies, après les événements de la nuit dernière. Manifestement, il se sait recherché par la police et il a fui.

— Vous l'avez signalé ?

— Mon collègue Sjöberg est en train de s'en charger. Il vient de demander à notre centrale d'émettre un mandat d'arrêt contre Erik Koskinen.

— Un mandat d'arrêt ? Seulement maintenant ? Mais pourquoi…

— Nous n'avons pas jugé utile de le faire ce matin dans la précipitation, l'interrompit Svindal. Nous avons laissé un planton toute la journée à la ferme des huskies.

— Dans la précipitation ? se fâcha Walker. Mais à cause de votre incompétence, il a violé ma fille !

— Calmez-vous, monsieur. Je comprends votre douleur, mais nous ne savons pas ce qui s'est passé. Nous n'en sommes encore qu'au stade des hypothèses.

— Des hypothèses ? Irez-vous expliquer à une adolescente de dix-sept ans que son viol est une hypothèse ?

— Nous interrogerons votre fille quand le corps médical donnera son feu vert.

— Si elle ne meurt pas avant, fulmina Rolf en s'éloignant avec son fils Samuel en direction de l'hélicoptère. Si tel est le cas, je vous informe que j'attaquerai la police finlandaise avec tous les moyens légaux à ma disposition. Soyez-en sûr !

Je vous fais confiance pour ça, songea le commissaire, en regardant la porte arrière de l'hélicoptère se refermer sur la famille Walker. Le pilote mit les gaz et les puissants rotors accélérèrent, jusqu'à ce que les pales ne dessinent plus qu'un cercle plein en dessus de la carlingue. L'engin finit par décoller.

*

L'inspecteur Sjöberg termina sa conversation avec la centrale et rejoignit son supérieur pensif. Tous deux regardèrent l'hélicoptère s'éloigner dans la nuit polaire, en direction de Kittilä. Les chutes de neige s'étaient calmées. Par endroits, les nuages laissaient entrevoir un ciel étoilé.

Derrière les deux limiers, la carcasse de la motoneige de Svindal achevait de se consumer. Il n'y avait plus de flammes, mais l'épave fumait encore.

— Tu as sauvé la vie de cette jeune fille, complimenta Sjöberg.

— Peut-être, lâcha Svindal. Mais peut-être n'avons-nous pas pris cette affaire assez au sérieux dès le début.

— Tu veux parler de Koskinen ?

— Oui.

— Tu sais comme moi que ce garçon n'est pas méchant.

— Pas méchant au point de tuer ? Certes non. Mais il a quand même un gros problème avec sa bite et ses hormones. Vivre au milieu des chiens ne lui convient pas. Il s'est quand même passablement désocialisé depuis sa précédente affaire.

Le terme « désocialisé » amusa Sjöberg.

— Tu rigoles, j'espère ? Il n'y a pas plus actif que lui sur les réseaux sociaux. Notamment sur Facebook.

— Tu parles d'un côté social et sociable ! ricana Svindal. Les réseaux sociaux, c'est de la merde. Ça n'apporte qu'une vision tronquée du monde. Une réalité virtuelle bien éloignée de la vraie vie.

— Je veux bien t'accorder que pour une personne qui ne sait pas maîtriser ses sentiments, Facebook peut représenter une bombe à retardement.

Les feux de signalisation de l'hélicoptère des secours disparurent de leur champ de vision, au-delà des collines entourant la Plaine des Loups.

— Mets ce fumier sur écoute, ordonna le commissaire. Et infiltre son compte Facebook. S'il est encore actif, ça pourra nous permettre de le localiser. Analyse aussi tous les *posts* des douze derniers mois. Je veux savoir s'il était en contact avec Alia Walker.

— Tu crois vraiment qu'il l'a violée ?

— Je ne sais pas. C'est possible.

— Tu n'as pas l'air convaincu.

Svindal ne répondit pas tout de suite. Il regarda autour de lui et constata que la Plaine des Loups s'étendait à perte de vue, même si l'obscurité ne lui permettait pas de distinguer ses confins comme en plein jour. Il n'y avait que neige et arbres à des kilomètres à la ronde.

— Il n'y a aucune maison, aucune cabane, ni aucun abri dans cette région… finit-il par murmurer.

Sjöberg comprit où son supérieur voulait en venir et prit le risque de le contredire.

— Koskinen est capable de tout. C'est un pur Lapon. Ce barge se promène en t-shirt par moins vingt degrés. Alors crois-moi : s'il a une mauvaise montée de testostérone, il est capable de violer une nana en pleine nature, dans un mètre de neige.

— Peut-être… soupira le commissaire.

Il ne semblait guère convaincu.

— Mais dans ce cas, reprit-il, où sont ses traces ?

— Que veux-tu dire ?

— Je veux dire que depuis Äkäslompolo, Walker et moi n'avons suivi qu'une série de traces. Celles de la jeune fille. Je peux te le garantir. Elle cheminait seule, à pied, dans la tempête.

— Il lui a peut-être donné un rendez-vous. Si elle était amoureuse de lui, elle sera allée le rejoindre sans réfléchir. À cet âge-là, une ado est certainement prête à tout pour connaître le grand amour.

— Possible. Je n'ai pas de fille. Je ne le sais pas. Mais si on travaille sur ton hypothèse, comment expliques-tu qu'Erik Koskinen soit arrivé jusqu'ici sans laisser la moindre trace dans la neige ?

— Il est peut-être arrivé depuis l'autre côté de la vallée.

Svindal fronça les sourcils.

— Ça représenterait un détour de plus de cent bornes. Ça n'a pas de sens.

— Rien n'a de sens dans cette histoire, soupira Sjöberg.

15

Un négociateur devait prendre le contrôle de la situation dès le début et tout tenter pour atteindre une résolution pacifique du conflit. À cette fin, l'écoulement du temps jouait en sa faveur. Il devait le mettre à profit pour collecter le maximum de renseignements sur la situation et la cible.

À l'exception du terroriste agissant selon un plan d'exécution froidement calculé, le preneur d'otage était souvent une personne ordinaire, dont la vie avait basculé de manière inattendue. Désespéré, submergé d'émotions et de colère qu'il ne contrôlait plus, il se retrouvait pris dans un tourbillon insupportable d'événements qui lui échappaient. Face à un tel profil, le négociateur devait faire preuve de patience, d'écoute et d'empathie, afin de parvenir à un échange.

Boileau était passé maître en la matière. La réaction de Walker claqua comme un coup de fouet dans la chaleur des Jeunes-Rives.

— Vous êtes Marc Boileau ?

— C'est moi, répondit le commissaire de la police neuchâteloise.

— Qu'est-ce qui me le prouve ?

— J'ai cru que vous me connaissiez.

— De visage oui, répondit Walker. Je vous ai déjà vu dans les médias. Mais je ne connais pas votre voix.

— Maintenant, vous la connaissez. Qu'est-ce que je peux faire pour vous ?

— Me sortir de ce guêpier. Je n'y suis pour rien, dans cette histoire. Je suis une victime et tous vos collègues me traitent déjà comme un assassin. Ils veulent ma peau.

— Personne ne veut votre peau, Walker. Ni mes collègues, ni moi.

— Et Svindal ?

Boileau jeta un coup d'œil en direction du policier finlandais, qui s'était tenu à l'écart des discussions depuis son arrivée. Il avait reçu des soins pour son bras blessé et fumait une cigarette.

— Il est avec nous, à nos côtés, admit le négociateur.

— Donc, vous êtes tous contre moi… en déduisit le preneur d'otage.

— Qu'est-ce qui vous fait croire ça ?

— Je n'ai aucune confiance en Svindal. Il a promis beaucoup de choses à ma famille, mais il n'a jamais rien fait de concret pour elle. En particulier, il n'a jamais rien fait pour arrêter Erik Koskinen.

— Vous vous trompez, Walker. S'il est ici ce soir, c'est parce qu'il a récemment retrouvé la trace de Koskinen dans notre pays et qu'il l'a traqué jusqu'à Neuchâtel.

Le préneur d'otage s'énerva.

— Vous me décevez, Boileau. Vous n'êtes pas à la hauteur de votre réputation d'homme intègre et libre de tout préjugé. Pourquoi écartez-vous d'emblée l'hypothèse qu'ils aient pu voyager ensemble depuis la Finlande pour venir m'éliminer.

— Vous éliminer ?

Le négociateur à l'aube de la retraite ne feignit pas son étonnement.

— Pour quels motifs ces deux personnes voudraient-elles vous éliminer ? reprit-il après quelques secondes de réflexion.

— Je ne sais pas. C'est vous, l'as des flics. Pas moi. Peut-être que j'ai vu en Laponie ce que je n'aurais pas dû voir.

— Dans ce cas, il conviendrait que vous nous racontiez en détail ce qui s'est passé en Laponie. Aidez-nous à comprendre ! Dites-le-nous, Walker ! Qu'est-ce qui s'est passé en Laponie ?

— Je me rappelle…

Il y eut un silence.

— De quoi vous rappelez-vous, Walker ? l'encouragea Boileau.

— Je… c'est flou… je ne me rappelle pas de tout.

— Dites-nous ce dont vous vous rappelez.

— Je me souviens des couloirs de l'hôpital de Kittilä. Tout était blanc. Propre. Aseptisé. J'étais avec Sam…

Les souvenirs revenaient peu à peu.

— C'est bien, Walker ! Qui d'autre que Sam était avec vous ?

— Il y avait du monde. Plein de monde. Ça grouillait comme dans une fourmilière. Ils avaient emmené Alia au bloc opératoire. En fait, toute ma famille était présente. Il y avait aussi le commissaire Svindal et l'inspecteur Sjöberg. Ils avaient rejoint Kittilä par la route, après avoir laissé la motoneige rescapée sur le parc de notre cottage.

— Comment ont-ils rejoint Kittilä ?

— Je ne sais pas. Je ne sais plus. Je crois qu'ils ont réquisitionné une voiture. Ce n'est pas important, il me semble.

— Soit. Et ensuite, que s'est-il passé ?

Walker ne répondit pas tout de suite. Il y eut des grésillements dans le haut-parleur du PC opération. Puis la voix du preneur d'otage reprit sur un ton moins hésitant, mais plus agressif.

— Est-ce que Svindal écoute actuellement notre conversation ?

Boileau se refusa à mentir.

— Oui.

— Dans ce cas, je ne dirai rien de plus.

— Pourquoi ?

— Parce que je n'ai aucune confiance en lui. Comme je n'ai aucune confiance en vos hommes, d'ailleurs.

— Mais en moi, vous avez confiance ? N'est-ce pas, Walker ?

— Oui… Enfin, je veux dire…

Il hésita à nouveau, avant de se rattraper.

— … rien ne me garantit que vous êtes bien celui que vous prétendez être. Qui me dit que c'est bien avec Marc Boileau que je parle en ce moment ?

— Vous devrez pourtant vous contenter de ma parole, Walker.

— Votre parole ? Et si ce n'est pas vous ? La parole d'un homme que je ne vois pas ne vaut rien.

Le négociateur soupira. Il coupa momentanément le système de communication et s'adressa à l'état-major de crise.

— Je ne peux plus continuer depuis ici, annonça-t-il. Je suis en train de le perdre. Il me faut acquérir toute sa confiance.

Decker parut inquiet.

— Tu ne vas tout de même pas aller sur la scène ?

— Non, Gil. Rassure-toi. Je ne suis pas fou. Je pense qu'il y a une solution intermédiaire. Comment se présente la grande tente ? Il y a une régie ? Je pourrais lui parler depuis cet endroit.

Ce fut au tour de Gallys de désapprouver.

— Mon *sniper* numéro un s'y trouve. C'est lui qui dirige le micro unidirectionnel et nous renseigne sur tous les faits et gestes de notre cible. Si tu t'approches de la régie, tu risques de le griller.

Boileau acquiesça.

— OK. Dans ce cas, je prendrai la place du public, au milieu du chapiteau.

— Là, tu seras passablement exposé, lui reprocha Decker.

— C'est un risque à courir. Il faut qu'il me reconnaisse si l'on veut qu'il accepte de continuer la discussion. Sinon, tout ça finira dans un bain de sang…

Précisément ce qu'il voulait éviter.

Il ajouta :

— Et sans parler des vies humaines qui sont en jeu, nous mettrions des mois à recoller les morceaux de cette histoire. Si nous y parvenons…

— Que veux-tu dire ?

— J'ai l'impression que ce type est sincère lorsqu'il affirme être une victime. Il y a une raison à cela.

— C'est peut-être juste un pauvre taré qui a imaginé cette combine pour te descendre, Marc, prévint Gallys. Après tout, il n'a jamais dit pourquoi il souhaitait ne parler qu'à toi. Et maintenant, toujours sans explication, il exige de te voir en chair et en os. Si tu veux mon avis, ça pue !

— Je ne le connais pas, Manu. Je l'ai déjà dit.

— Mais lui te connaît, apparemment. Qui te dit que tu ne lui as pas fait du mal, à lui ou à l'un de ses proches ? Ou encore qu'il n'est pas un exécuteur aux ordres d'un autre de tes ennemis ?

— Tu délires complètement, Manu. Si ce gars avait voulu me tuer, jamais il n'aurait imaginé une telle mise en scène. Il n'aurait pas tué tous ces innocents dans ce seul but. Il se serait contenté de me suivre n'importe où dans la rue pour savoir où j'habite. Il n'y a rien de secret là-dedans. Nous vivons dans une région si petite que ça aurait été un jeu d'enfant pour lui. Toute mesure d'anonymat est parfaitement inutile. Non… tout ça n'est que le résultat d'une folle dérive, qui a dû échapper à son contrôle.

— Pas tout faux… sourit Decker, en se remémorant les cours que Marc Boileau lui avait donnés à l'époque. Je partage l'idée que ce gars est une victime.

— Je n'ai pas affirmé qu'il était une victime, Gil. J'ai dit qu'il me paraissait sincère en se présentant comme tel.

— Bref, c'est un malade, conclut Gallys.

— Il appartiendra aux experts psychiatres de le définir, corrigea le négociateur. Dans l'immédiat, je me fous royalement de savoir s'il est coupable ou innocent, malade ou sain d'esprit, victime de sa propre folie ou de la folie d'autres personnes. Ce qui m'importe pour le moment, c'est d'entrer dans sa tête, afin de savoir ce qui est arrivé à sa famille en Laponie. La clé de cette histoire se trouve dans ses souvenirs et je veux la trouver. Nous savons que deux membres de sa famille sont morts en Finlande et que deux autres ont disparu. Je veux savoir comment et pourquoi. Walker le sait. J'en suis sûr. Sa mémoire est certes défaillante, mais le dialogue contiendra les risques d'agression vis-à-vis de son otage. Tant que nous le ferons parler, il ne pensera pas à éliminer Erik Koskinen. En tant que négociateur, c'est mon premier but : sauver l'otage. Mon second but sera de faire en sorte que le forcené s'en sorte lui aussi vivant. Mais ce n'est pas prioritaire. Manu, dis à tes gars de se tenir prêts à intervenir.

— Maintenant ?

— Bien sûr que non. Mais à tout moment que je jugerai opportun.

Gallys acquiesça, non sans désapprouver. Il était plus jeune et moins expérimenté que Boileau. Le respect lui enjoignait d'obtempérer sans faire de vagues, même si au fond de lui, il ne pouvait s'empêcher de penser que son aîné était dépassé par les dernières techniques et tactiques d'intervention.

*

— Qui est ce flic ? demanda Koskinen.

— C'est pas important, répondit Walker. L'important, c'est qu'il soit bon.

— Qu'en sais-tu ?

— Je le sais, c'est tout.

— Au point de nous protéger de Svindal ?

— De nous écouter, en tout cas. À travers lui, tu pourras expliquer que tu n'es pour rien dans la disparition des miens. Si c'est la vérité, il le saura. Il le sentira.

— Et pour toi ?

— Il comprendra que je ne suis pour rien dans les morts accidentelles de cette nuit.

Walker ne perçut pas le sourire de dépit de Koskinen. Un sourire qui signifiait « tu rêves, mon gars… »

— Je ne voudrais pas paraître pessimiste, reprit le blond, mais ça fait plus d'une minute qu'il ne t'a pas parlé et qu'il ne se montre pas non plus.

— Que veux-tu dire par là ?

— Que ça ne sent pas bon pour toi.

— Si ça ne sent pas bon pour moi, ça ne sent pas bon pour toi, murmura Walker en guettant d'éventuels mouvements suspects dans la pénombre du chapiteau.

Les spots de couleur continuaient leur valse silencieuse, arrosant la scène et l'ancien emplacement du public, qui avait vidé les lieux dans une vague de panique provoquée par les coups de feu. De temps à autre, un rai de lumière furtif éclairait les deux cadavres anonymes, piétinés lors du repli de la foule vers les issues de la tente.

— Je n'ai pas violé Alia, reprit Koskinen. Je te le jure.

— Tu expliqueras ça à Boileau, répondit Walker.

— C'est vrai, je l'avoue, j'étais attiré par elle. J'ai rôdé deux soirs de suite près de votre cabane, dans l'espoir de la voir. Elle était si belle quand elle dormait. Mais je ne l'ai pas violée. Je l'aimais.

*

Marc Boileau quitta le bus de l'état-major de crise en direction du second cordon de sécurité, qui délimitait la zone dangereuse, celle dans laquelle seul le Cougar avait pris position.

Comme à chaque fois qu'il devait partir au contact direct avec un forcené, il sentait son cœur tambouriner sous son gilet pare-balles et il avait la gorge sèche.

À l'instar de l'acteur de théâtre au moment de monter sur les planches, un négociateur ne s'habituait jamais au stress du départ. Il allait s'exposer au danger, avec un gilet mais sans arme. Règle de base. Pour sa sécurité, il ne pouvait compter que sur les *snipers* du GI, qui avaient pour mission de neutraliser la cible au moindre geste suspect.

Boileau se mit à longer la rive par le sud de la scène Lacustre.

L'évacuation du périmètre de *Festi'neuch* était terminée depuis un certain temps, mais de nombreux stands de nourriture et de boissons restaient éclairés. Apparemment, dans la précipitation, leurs tenanciers avaient omis de couper l'électricité.

Le négociateur se servit au passage d'un *churro* délaissé au bord d'une friteuse, puis se dirigea vers le chapiteau tout en engloutissant son apport de graisse et de sucre. Il s'essuya les doigts sur son pantalon, adressa un signe complice discret à un *sniper* positionné sur la mezzanine en bois rouge d'un stand spécialisé dans le foie gras, puis bifurqua en direction du carré VIP. Dans l'interstice entre celui-ci et la grande scène, il devina dans la pénombre deux membres du Cougar encagoulés, lourdement armés et prêts à l'assaut.

Quelque part dans le carré VIP et derrière le chapiteau, il imagina les deux premières victimes de la soirée. Tant qu'il ne les voyait pas physiquement, elles ne viendraient pas hanter ses nuits et ses journées, aux côtés des dizaines d'autres fantômes qui lui rendaient régulièrement visite.

Sans trop hésiter, il pénétra sous la grande tente, repéra aussitôt la tour de la régie sur sa gauche et la grande scène sur sa droite, ignora sciemment le *sniper*, visualisa la cible et son otage, et marcha lentement jusqu'au milieu de l'emplacement du public.

— Me voilà, Walker ! annonça-t-il d'une voix portante, sans micro. Maintenant que je suis là devant vous, est-ce que nous pouvons poursuivre notre conversation au sujet de la Laponie ?

16

L'attente fut particulièrement longue dans les couloirs aseptisés de l'hôpital de Kittilä. Par chance – ou malchance, selon le point de vue – la prise en charge d'Alia avait été très rapide. Elle était passée devant toute la liste d'attente du service des urgences, preuve que son état était jugé préoccupant.

Walker se dit que finalement, la situation hospitalière en Finlande n'était pas très différente de celle de son pays. Abstraction faite de l'héliport gelé sur le toit du bâtiment et des nombreuses fumées blanches qui s'élevaient dans l'obscurité au-dessus des cheminées de la ville en raison du froid intense, il aurait très bien pu se croire au NHP de Neuchâtel. En tout cas, la Laponie n'avait rien à envier à la Suisse en termes de modernité d'équipements médicaux.

Rolf inspecta rapidement le décor autour de lui. Tout était parfaitement propre. Lisse. Blanc.

Comme à l'extérieur.

Son regard s'arrêta sur un cadre mural en verre, qui présentait une série d'hameçons. Il y en avait des gros, des petits, à bouchon, à plume, propres, rouillés.

— Qu'est-ce que ça fait là ? demanda-t-il machinalement à Samuel.

— Qu'est-ce qu'on en a à foutre ? répondit l'adolescent du tac au tac.

D'ordinaire, Walker aurait sermonné son fils pour une réponse si impertinente. Mais là, la phrase se perdit dans le hall d'attente du service des urgences. Il la mit sur le compte du choc dû à la situation. Visiblement, Sam souffrait de ce qui était arrivé à sa sœur. Au fond de lui, même s'il la provoquait souvent, il l'aimait bien.

Amusé – était-ce le bon terme ? – Rolf se leva de son siège et s'approcha du cadre en verre. Après tout, c'était un moyen comme un autre de passer le temps. Il savait que la Laponie était une contrée férue de pêche sous glace, mais il ne comprenait pas ce que ce curieux ornement faisait dans les couloirs d'un hôpital.

Constatant ses interrogations, une infirmière lui fit comprendre que ces hameçons provenaient tous d'accidents. Elle mima avec un doigt crochu le petit bout de métal, tantôt planté dans la joue, dans le front ou dans l'avant-bras. L'amusement de Walker s'effaça aussitôt de son visage. Il fit la moue en imaginant la douleur aux endroits qu'elle lui avait montrés. Un bref instant, il prit les poissons en pitié.

Prendre les poissons en pitié…

Quel con !

Tu es fatigué, Rolf…

Putain, que c'est long d'attendre ainsi à ne rien faire, à ne pas savoir !

Il voulut demander des renseignements à l'infirmière sur l'état de santé d'Alia, mais il y renonça très vite. Visiblement, elle ne parlait ni le français, ni l'anglais. Et les seuls mots de finnois que Walker baragouinait étaient l'imprononçable « *hyvää päivää* » – bonjour – et le plus accessible « *kiitos* » – merci. Il n'irait pas bien loin avec ça.

Le temps devint relatif. Les minutes semblèrent des heures ; les heures, des journées. Il ne sut dire à quelle heure arrivèrent Sandra, Quentin et les deux policiers. Sa femme était en pleurs. Il la prit dans ses bras, mais ne sut quoi lui dire d'intelligent pour la consoler. Les seuls mots qui sortirent, naturellement mais stupidement, furent :

— Ça va aller…

Elle ne répondit pas. Elle ne les entendit peut-être même pas.

L'attente devint, elle aussi, très rapidement insoutenable pour Quentin, mais pas pour les mêmes raisons. L'enfant ne saisissait pas tous les paramètres de la situation. Il n'avait pas eu son quota d'heures de sommeil et affichait un air grincheux. Il se manifesta au travers de son estomac.

— J'ai faim… commença-t-il à seriner à ses parents de manière récurrente.

Son manège finit par attirer l'attention d'une autre infirmière, qui comprit les exigences du petit.

Elle lui apporta un plateau, qu'elle avait soustrait en douce du chariot des repas. C'est là que Walker se rendit compte qu'il était déjà onze heures du matin.

— Qu'est-ce que c'est ? demanda Quentin en découvrant un morceau de viande avec des pommes de terre en purée.

— *Reindeer*, répondit l'infirmière.

— Du renne, traduisit Sandra.

L'enfant goûta et approuva.

— C'est bon… Mais comment il va faire, le Père Noël, avec son traîneau, si on lui mange ses rennes ?

Les rires se mêlèrent aux larmes, apportant à la famille Walker un certain répit dans l'angoisse de l'attente.

*

L'esprit confus depuis les événements de la nuit, Rolf ne remarqua pas le départ du commissaire Svindal ; comme il avait à peine noté son arrivée, d'ailleurs. Il ne sut donc dire combien de temps exactement le policier était resté avec eux dans les couloirs de l'hôpital de Kittilä. Quand il le chercha pour lui poser une question, il ne trouva que l'inspecteur Sjöberg, qui revenait de la réception du service des urgences.

— Votre supérieur n'est plus là ?

— Non, il est reparti à Äkäslompolo il y a une bonne heure déjà.

— Vous avez trouvé Koskinen ?

— Pas encore.

— Mais vous devez bien avoir une idée de l'endroit où il se trouve, non ?

— La Laponie est vaste, monsieur Walker. Vous avez pu constater que les paysages se ressemblent à des hectares à la ronde. Les recherches ne sont pas aisées.

Rolf laissait transparaître un certain énervement, face à ce qu'il considérait comme des lacunes dans les compétences de la police de ce pays.

— Mais vous devez connaître ce territoire comme votre poche, non ?

— Ce n'est pas aussi simple. Les Lapons ne sont pas sédentaires. Ils ne connaissent pas les frontières. Ils peuvent avoir des amis et de la famille, proche ou éloignée, dans plusieurs pays. La Laponie s'étend sur quatre États : la Finlande, la Suède, la Norvège et la péninsule de Kola en Russie. En outre, la ferme des huskies se trouve non loin de la frontière suédoise.

— Bref, vous essayez de me dire que vous ne savez pas s'il est encore dans la région ou s'il a fui à l'étranger.

— Vous avez tout compris.

— Dans ce cas, pourquoi le commissaire Svindal est-il retourné à Äkäslompolo ?

— Il voulait profiter de la luminosité de la journée pour retourner à la Plaine des Loups.

— Pourquoi ?

— Y rechercher des indices.

— Ce n'est pas un peu tard, avec cette tempête de neige ?

— Pas forcément. Le vent n'a pas atteint la plaine et il a arrêté de neiger au milieu de la nuit. Aujourd'hui, les conditions sont idéales. Grand soleil, pas un nuage à l'horizon. Nous n'avons pas perdu tout espoir de retrouver des traces.

Leur conversation fut interrompue par un médecin, qui leur annonça qu'Alia venait de se réveiller et qu'elle allait s'en tirer sans trop de séquelles. La nouvelle attira aussitôt vers eux Samuel et sa mère, alors que Quentin terminait son menu du jour.

— Je veux voir ma fille, supplia Sandra.

— Dans dix minutes, la rassura l'interne. Laissez-la récupérer de sa narcose.

— Est-ce qu'elle conservera des lésions ? Je veux dire…

— Oui, madame Walker. Nous avons dû l'amputer de deux doigts à la main gauche. L'annulaire et l'auriculaire.

— Mon Dieu ! s'exclama-t-elle en fondant en larmes dans les bras de son époux.

— Nous n'avons rien pu faire pour les sauver. Je le regrette. Ils étaient déjà complètement nécrosés en raison du gel, quand elle a été admise aux urgences. Mais ce sont les seules lésions physiques qu'elle conservera de cette histoire. Par chance, son hypothermie n'était pas trop avancée et Alia est une jeune fille solide. Elle se remettra très vite de cette mésaventure.

— Une mésaventure ? intervint Rolf, un peu agacé. Un viol, je n'appelle pas ça une mésaventure.

Le médecin s'excusa de sa maladresse de vocabulaire, qu'il mit sur le compte de sa maîtrise de la langue.

— Et le sang ? poursuivit Walker. Tout ce sang qu'elle avait sur elle et qui provenait de ses parties génitales ? Ce porc de Koskinen a dû faire preuve d'une violence inouïe. C'est un monstre ! Il n'est pas humain !

L'interne parut sincèrement emprunté. Il bafouilla en mauvais anglais :

— Je discuterai du constat gynécologique avec la police, si vous le voulez bien. Il est clair que si Alia sera sur pied cet après-midi déjà, elle aura en revanche besoin de votre soutien sur le plan psychologique. Elle vient de traverser une terrible épreuve.

— Sur pied ? s'inquiéta Sandra. Vous ne la gardez pas en observation ?

— Nous le pouvons, si vous insistez. Mais d'un point de vue strictement médical, ce n'est pas absolument nécessaire. Elle pourrait rentrer avec vous ce soir à Äkäslompolo et revenir demain dans la journée pour renouveler ses pansements.

— C'est que… ça paraît si rapide au vu de ce que ma fille a subi.

— Rassurez-vous, madame. Nous ne vous tiendrions pas un tel discours s'il y avait le moindre risque. Les examens gynécologiques sont faits et pour ce qui est des traumatismes à la main – en particulier l'amputation des doigts gelés, qui est une opération courante dans notre région –, ils ne nécessitent qu'une hospitalisation de quelques heures.

Le jeune interne ajouta qu'avec l'évolution de la médecine, la chirurgie ambulatoire avait remplacé la chirurgie stationnaire dans de nombreuses situations.

— Et pour son hypothermie ? s'inquiéta Sandra.

— Vous pouvez remercier le commissaire Svindal. Par son réflexe de bouter le feu à sa motoneige pour réchauffer le corps de votre fille, il lui a probablement sauvé la vie. Dans tous les cas, il a évité que la température de son corps ne descende trop bas. Son état n'a pas atteint le degré trois.

— Le degré trois ?

— Le seuil de la sévérité. Je vous l'ai dit, madame Walker : votre fille Alia est solide. À son âge, on se remet relativement vite de ce genre de traumatisme.

Elle ne parut pas soulagée par ce discours médical. Toutefois, dans l'immédiat, la seule chose qui lui importait était de voir sa fille. Elle s'apprêtait à relancer l'interne à ce sujet, lorsque l'inspecteur Sjöberg la devança en s'adressant en finnois à son interlocuteur. Ce dernier fit la moue.

— Que lui avez-vous dit ? s'enquit la mère d'Alia.

— Je lui ai demandé si je pouvais voir sa patiente en priorité, madame Walker, expliqua le policier.

— De quel droit ?

— Il me paraît important pour l'enquête de pouvoir recueillir son témoignage avant qu'elle ne parle avec votre mari ou vous-même.

— Pourquoi ?

Sjöberg ne se laissa pas décontenancer.

— Dans le jargon de notre métier, c'est pour éviter que son témoignage ne soit pollué par des interventions extérieures.

— Parce que vous croyez que nous allons lui expliquer ce qu'elle doit vous répondre ? s'insurgea Sandra.

— Ce n'est pas mon propos, madame Walker. Je comprends bien que ce n'est pas facile pour vous, mais il est important que je sois le premier à qui elle se confie sur ce qui lui est arrivé.

Rolf intervint, en posant une main bienveillante sur l'épaule de son épouse.

— Laisse-le faire son travail, lui demanda-t-il calmement.

— Mais… tenta-t-elle de se défendre. Et nous ?

— Alia est en vie et elle va bien. Après tout, c'est ce qui compte, non ? Maintenant, il est important que la police de ce pays mette tout en œuvre pour retrouver et arrêter son agresseur. Tu ne crois pas ?

— Si, mais…

Elle se tut, ne trouvant pas la force de se battre plus avant. Ses pleurs et sa détresse des dernières heures l'avaient vidée de toute combativité. Elle était fatiguée, usée. Elle se tourna vers Quentin, qui était resté sur son siège à quelques mètres d'eux. L'enfant était en train de lécher le fond de son assiette de sauté de renne, tant il avait apparemment apprécié son repas.

Il paraissait si innocent, ignorant du drame que sa famille vivait en ce moment. À côté de lui, Samuel avait fini par s'endormir dans une position inconfortable.

Exténuée, Sandra éclata en sanglots.

*

Lorsque l'inspecteur Sjöberg quitta la salle de réveil une dizaine de minutes après y avoir accédé, il affichait une mine peu satisfaite. Il sortit son portable, composa un numéro tout en marchant et passa devant les membres de la famille Walker sans leur adresser la parole. Sandra et Rolf le regardèrent s'éloigner dans le couloir de l'hôpital, échangèrent un regard chargé d'incompréhension, puis se rendirent à leur tour au chevet de leur fille.

Après de nombreuses sonneries dans le vide, Svindal finit par répondre. Il s'excusa du temps écoulé, invoquant la nouvelle motoneige et retirer ses gants pour accéder à son téléphone.

— Tu es sur place ? demanda l'inspecteur à son supérieur.

— Oui.

— Tu as trouvé quelque chose ?

— Rien. Hormis les traces de la fille. Mais je n'ai pas encore terminé mon quadrillage du secteur. Je suis en train de remonter sur ses pas. Selon moi, elle revenait du Corridor aux Loups quand nous l'avons trouvée.

— Qu'est-elle allée faire là-bas ?

— Je ne sais pas. J'espère être en mesure de te le dire quand j'y serai. Et de ton côté ? Quoi de neuf à l'hôpital ?

— La fille a perdu deux doigts.

— Elle est réveillée ?

— Oui.

— Tu as pu lui parler ?

— Oui, mais elle ne m'a rien dit.

Svindal cacha mal sa surprise.

— Elle a refusé de te répondre ?

— Non, elle m'a répondu.

— Alors quoi ?

— Elle prétend qu'elle ne se souvient plus de rien.

Il y eut un blanc, puis le commissaire finit par lâcher :

— Ça, c'est embêtant.

— Certes, confirma Sjöberg. D'autant plus que je suis sûr qu'elle ment.

— Comment ça ?

— Je suis sûr qu'elle se rappelle très bien ce qui s'est passé, mais qu'elle ne veut pas me le dire.

— En es-tu vraiment certain ? Un état de choc pourrait très bien…

L'inspecteur interrompit son supérieur.

— J'en ai vus, des traumatisés. Des vrais. Ce n'est pas son cas. Je ne dis pas qu'elle n'a pas subi quelque chose de grave, mais ses réactions m'évoquent plutôt un syndrome de Stockholm.

— Elle protégerait son agresseur ?

— Ça m'en a tout l'air.

La situation leur échappait, ce qui déplut à Svindal. Il réfléchit.

— Remarque, conclut-il après un silence, ce n'est pas surprenant si, comme nous l'ont déclaré les membres de sa famille, elle était amoureuse de Koskinen. Si nous ne pouvons pas compter sur sa déposition, il faudra nous appuyer sur des preuves solides. Tu as récupéré le « kit viol » ?

— Pas encore. Le médecin a dit qu'il voulait me voir pour le constat.

— Très bien. Va lui parler et rappelle-moi. En attendant, je poursuis mon chemin vers le Corridor aux Loups.

Svindal raccrocha sans autre formalité et Sjöberg se mit aussitôt à la recherche du jeune interne.

*

De jour sous un soleil radieux, la Plaine des Loups paraissait moins lugubre qu'en pleine nuit sous les bourrasques. Les cristaux neigeux reflétaient les rayons et transformaient l'endroit en un gigantesque miroir scintillant. Partout, les conifères pliaient sous les amas d'or blanc.

Sous ses lunettes de tempête, Svindal avait glissé une paire de lunettes de soleil. Il avait lancé son bolide à pleine vitesse à travers l'étendue désertique. Selon la configuration du terrain, il s'autorisait des pointes à plus de cent kilomètres à l'heure. De temps à autre, il ralentissait pour tenter de « lire » les traces dans la neige.

Celles-ci se dirigeaient bel et bien vers le Corridor aux Loups, comme il l'avait pensé. La fille était seule. Jusque-là.

En cette zone éloignée de tout lieu de vie, la plaine se resserrait pour former une sorte de goulet d'étranglement entre les rochers et les sapins. Ce couloir naturel était à l'abri des vents et la couche de neige y semblait moins épaisse qu'ailleurs. Parfois, des bêtes sauvages venaient s'y réfugier, d'où le nom que lui avait attribué le peuple lapon.

Se méfiant des pierres potentiellement cachées sous la poudreuse, Svindal relâcha les gaz et s'arrêta. Il sentait qu'il approchait du but, sans idée de ce qu'il allait découvrir. Les traces d'Alia Walker étaient plus apparentes ici que dans la plaine, dans un sens comme dans l'autre. C'était non loin de là qu'elle avait fait demi-tour.

Une force surhumaine avait dû accompagner la jeune fille dans son périple nocturne. Il ne pouvait en aller autrement. Elle avait dû être mue par quelque chose de plus puissant que le simple amour adolescent qu'elle avait pu éprouver pour Erik Koskinen. Svindal en était convaincu.

Plusieurs kilomètres séparaient cet endroit reculé des premières cabanes d'Äkäslompolo. L'effort qu'elle avait dû fournir pour braver la tempête dans des habits inadaptés au froid polaire ne pouvait pas s'expliquer par l'idée d'un simple rendez-vous avec son amoureux virtuel. C'était inconcevable dans la logique du policier de Kittilä.

Il ne pouvait s'empêcher de voir, à travers cette folle entreprise, une profonde détresse.

Qu'es-tu venue faire ici, Alia ?

Le commissaire descendit de sa machine et posa précautionneusement un premier pied dans la neige. Comme il l'avait estimé, il ne s'enfonça que de vingt centimètres, guère plus ; un terrain plus « facile » qu'au milieu de la plaine. Il fit quelques pas dans le corridor naturel, qui formait des angles à la manière d'un labyrinthe. Il suivit les pas de la jeune fille, jusqu'à une première trace de sang dans la neige. Il en vit d'autres et sut qu'il touchait au but. À ce but indéfini.

Son portable vibra dans la poche de son pantalon. C'était Sjöberg. Il décrocha.

— Tu as pu parler au médecin ? demanda Svindal sans détacher son regard des traces de sang.

— Oui, je l'ai vu.

— Tu as le « kit viol » ?

— Il ne l'a pas fait.

Une nouvelle fois, le commissaire cacha mal sa surprise.

— Comment ça ?

— Ça ne servait à rien.

— Pourquoi ?

— Elle n'a pas été violée. Du moins pas la nuit dernière.

Svindal ne trouva pas quoi répondre. Il se tut et attendit que son adjoint lui en dise plus, spontanément. Sans raccrocher, le portable collé contre son oreille, il marchait lentement en suivant les pas d'Alia Walker.

Les traces de sang étaient de plus en plus visibles, de plus en plus grandes. Jusqu'à une large auréole rouge souillant un coin de neige tassée, à l'abri d'un rocher en surplomb.

— Tu ne croiras jamais ce que les médecins de Kittilä ont découvert, reprit Sjöberg à l'autre bout du fil.

— Je crois que si… murmura Svindal en contemplant la scène macabre qui s'offrait à lui.

17

La société moderne, mue par l'esprit de compétition, la rentabilité omnipotente et les prouesses à tout prix, fabriquait des cortèges de schizophrènes. Avec le développement fulgurant des technologies de communication et des réseaux sociaux, les gens s'enfermaient de plus en plus dans un univers individualiste cultivant à l'extrême les exclusions et la marginalisation. Notre monde était souffrant. Des personnes a priori « normales » perdaient parfois tout sens des réalités.

Ce n'était pas seulement le cas du preneur d'otage qu'il avait devant lui. C'était aussi son cas, pensa Marc Boileau. Il peinait à saisir ce qu'il faisait exactement là, dans cette immense tente désertée de tout public, sous ces spots de couleurs, au milieu des gobelets de bière renversés et abandonnés lors de la vague de panique, dans la boue rougeâtre des Jeunes-Rives et les effluves d'alcool.

— Alia ne nous a rien dit non plus, dans la salle de réveil de l'hôpital, cria Walker depuis la scène.

— En êtes-vous certain ? le questionna le négociateur depuis son emplacement central en contrebas.

— Absolument. Elle nous a dit qu'elle ne se souvenait de rien. Tout comme elle l'avait expliqué à l'inspecteur Sjöberg.

— Et vous l'avez crue ?

— Je ne sais pas.

Boileau laissa s'écouler quelques secondes sans parler, puis il prit le risque de s'adresser directement à l'otage.

— Et vous Koskinen ? Qu'est-ce que vous dites de tout ça ?

Le Lapon regarda l'homme qui le menaçait de l'arme, à la recherche d'une autorisation de répondre. Walker hocha la tête.

— Je n'ai rien fait à Alia.

— Peut-être pas cette nuit-là. Mais après ?

— Non plus.

— Ce n'est pas ce que pense Svindal.

— Svindal est un con.

— Pourtant, il semble convaincu que vous avez tué deux membres de la famille Walker et que vous êtes également responsable de la disparition des deux autres.

— Il se trompe.

— Interpol Helsinki signale que vous êtes recherché pour cinq meurtres.

— C'est une erreur judiciaire.

— Dans ce cas, pourquoi avoir fui votre patrie ?

— Parce que toutes les apparences sont contre moi et que je ne suis pas fou. Je sais bien que je n'ai aucune chance face à la justice de mon pays.

— La Finlande n'est pas une république bananière, Koskinen. Son système judiciaire présente des garanties reconnues par la Cour européenne des droits de l'homme.

L'otage rit amèrement.

— Pour les notables finlandais, peut-être. Mais pour un pauvre Lapon, simple éleveur de huskies, avec un casier judiciaire pour une bête erreur de jeunesse, on est sûr de ne pas être à armes égales avec les juges. Croyez-moi !

À ce sujet en particulier, les connaissances de Boileau étaient limitées. Il devait ramener son interlocuteur sur un terrain plus familier, pour maîtriser le dialogue.

— Bref, vous êtes innocent.

— Sur toute la ligne.

— Dans ce cas, que faites-vous en Suisse, ici à Neuchâtel, en présence du seul rescapé de cette famille ?

Walker répondit à sa place.

— Il m'a suivi. C'est lui, la cause de toute cette dérive. Pas moi.

— Je l'ai suivi, se défendit Koskinen, parce que je pense qu'il détient la vérité sur ce qui s'est passé dans mon pays. S'il s'en souvient, il peut m'innocenter.

— Est-ce que c'est vrai, Walker ? demanda Boileau.

Le preneur d'otage bégaya.

— Je… non… enfin, je ne sais pas… mes souvenirs de la Laponie sont flous. Certains reviennent petit à petit, mais je dois remettre de l'ordre dans mon esprit.

— Il le faut, insista le blond. Toi seul peux convaincre la justice helvétique de ne pas donner suite au mandat d'arrêt international lancé contre moi.

— Détrompez-vous, Koskinen, intervint le négociateur. La Suisse ne va pas examiner la solidité des charges pesant contre vous en Finlande. Elle va vous arrêter, vous placer en détention extraditionnelle, puis vous renvoyer dans votre pays par le prochain avion. C'est la justice finlandaise que vous devrez convaincre de votre innocence.

Le Lapon baissa la tête.

— Dans ce cas, autant en finir tout de suite et mourir ici.

Il désigna d'un geste du menton le cadavre du jeune rappeur près de lui.

— Je préfère crever comme lui, ajouta-t-il. Comme ça, au moins, le massacre des innocents sera complet.

Il se tourna vers Walker, fit face au canon du pistolet et le défia.

— Vas-y, bourreau. Fais ton œuvre !

Le preneur d'otage fut décontenancé par la tournure des événements. Sans réfléchir, il appuya le canon de son arme sur le front du Finlandais.

— Je vous en conjure ! Ne faites pas ça, Walker ! intervint Boileau. Ce n'est pas ce que vous voulez.

— Mais il ment !

— Peut-être, admit le négociateur. Mais si vous le tuez, nous ne saurons jamais la vérité. Ni vous, ni moi, ni la justice de nos deux pays.

Walker se mit à pleurer nerveusement.

Boileau ajouta :

— C'est pourtant bien ce que vous voulez, non ? Qu'on découvre enfin ce qui est arrivé à Alia et aux autres membres de votre famille, n'est-ce-pas ?

— Oui… gémit-il en rabaissant son arme.

À ce moment-là, le négociateur aperçut un point rouge, qui se baladait sur la poitrine de son interlocuteur. Le *sniper* de la tour de la régie était prêt.

Pas maintenant... songea le commissaire, en se remémorant les directives très claires qu'il avait données au chef du groupe d'intervention. *C'est moi qui donnerai l'ordre, s'il le faut... mais pas maintenant !*

— J'ai une proposition à vous faire, reprit-il à l'intention du preneur d'otage.

— Laquelle ? pleurnicha ce dernier.

— Laissez-moi monter sur scène.

— Pourquoi ?

— Je prendrai la place de Koskinen.

— Pourquoi feriez-vous ça ?

— Parce que je peux vous aider.

— En quoi ?

— À retrouver vos souvenirs, Walker. Je suis certain que vous savez ce qui est arrivé à votre famille.

— Je n'ai que des flashs, qui reviennent par intermittence.

— Ce n'est pas au milieu de ce stress, avec cet homme à vos côtés, que vous parviendrez à reconstituer le puzzle.

— Qu'en savez-vous ?

— C'est mon métier, Walker. J'ai quelques notions dans ce domaine. On fait souvent appel à moi pour auditionner des victimes de traumas. Vous devez le savoir, puisque vous avez requis ma présence.

Le preneur d'otage chercha à lire dans les yeux du négociateur, mais la semi-obscurité qui régnait sous la tente, ainsi que la distance qui les séparait, l'en empêchaient.

— OK, finit-il par admettre. Montez sur la scène et je relâcherai cet homme. Mais à deux conditions.

— Lesquelles ? demanda Boileau.

— Qu'Erik Koskinen soit temporairement arrêté par vos services et ne soit en aucun cas mis directement à disposition du commissaire Svindal.

— C'est tout à fait logique, Walker. La procédure d'extradition veut d'ailleurs que ça se déroule ainsi. Svindal devra respecter notre souveraineté territoriale. Et la seconde condition ?

— Je veux que vous montiez sur scène sans arme ni micro.

18

Le policier de Kittilä dégaina son arme et tira un coup de feu en l'air. La détonation se répercuta dans toute la plaine sauvage et fit fuir deux jeunes loups, qui se disputaient un macabre déjeuner.

— Qu'est-ce que c'était ? s'inquiéta son inspecteur à l'autre bout du fil.

— Rien de grave, répondit Svindal. Deux louveteaux qui piétinaient la scène de crime.

— La scène de crime ? s'exclama Sjöberg.

— Oui, confirma le supérieur. Nous avons un vilain cadavre sur les bras.

— Koskinen ?

— Pas vraiment.

— Qui, alors ?

— Fais venir la scientifique.

Sjöberg resta sur sa faim et acquiesça.

— Et moi ? ajouta-t-il.

— Quoi, toi ?

— Je viens aussi à la Plaine des Loups ?

— Non. Tu restes avec les Walker.

— C'est que…

— Quoi encore ?

Son adjoint parut emprunté.

— Ils viennent de quitter l'hôpital.

— Déjà ? s'étonna Svindal.

— Oui. Ils ont obtenu l'aval du médecin et ils viennent de prendre un taxi pour Äkäslompolo. Je crois qu'ils veulent organiser le plus vite possible leur retour en Suisse avec l'aide de leur ambassade.

— Pour quand ?

— Demain matin.

— Merde…

Il y eut un silence pesant, puis le commissaire reprit :

— Ça ne va pas être possible, je le crains.

Avec les informations dont Sjöberg disposait via le corps médical, il comprit soudain toute l'horreur de la situation et imagina la scène découverte par Svindal. Il n'eut besoin d'aucune explication.

— Je le crains aussi, finit-il par confirmer. Je pars de Kittilä sur le champ et je les rejoins au plus vite dans leur cottage.

Le commissaire approuva. Ils se saluèrent et raccrochèrent.

*

Le spectacle morbide qu'offrait le Corridor aux Loups dépassait l'entendement. Sous un rocher en surplomb, dans une mare de sang à moitié absorbée par la neige, le cadavre était méconnaissable.

Il était complètement nu, à moitié gelé et éventré par les carnivores. Sa figure violacée ne ressemblait plus à rien. Son abdomen était déchiré. Les lambeaux de chair dévoilaient les restes du cordon ombilical. Le petit corps ne mesurait guère plus de cinquante centimètres. C'était celui d'un bébé.

— Nom de Dieu… souffla Svindal.

Il éprouva un haut-le-cœur.

S'il n'avait vécu n'était-ce que quelques instants, le malheureux n'avait sans doute eu que le temps d'éprouver la douleur du violent passage entre la chaleur du ventre de sa mère et la morsure du froid polaire.

La scène cadrait avec le rapport médico-légal de l'hôpital de Kittilä, que son adjoint venait de lui résumer. La situation était claire. Il n'y avait pas eu besoin d'un « kit viol », puisqu'il ne s'agissait pas d'une agression sexuelle, mais d'un accouchement clandestin. L'enfant mis au monde par Alia Walker était sous ses yeux. Du moins ce qu'il en restait.

Il pria pour que la scientifique arrive rapidement sur les lieux, car le jour déclinait. Il n'était que quinze heures.

*

Svindal rappela Sjöberg une trentaine de minutes plus tard. Ce dernier longeait alors le pied du mont Ylläs, sur lequel les pistes de ski alpin venaient de s'illuminer. D'ici peu, il atteindrait Äkäslompolo.

— Tu es arrivé chez les Walker ? demanda le commissaire.

— Pas encore, répondit l'inspecteur. Dans une dizaine de minutes. Tu as du nouveau ?

— Non. J'attends la scientifique.

— Ça va, toi ?

— Oui. Mais c'est pas beau à voir. En plus il commence à faire froid. Je serais mieux au coin d'un bon feu.

— Je te crois sur parole. À part rester avec les Walker, je peux faire quelque chose ?

— Demande à Alia si Erik Koskinen est déjà venu en Suisse.

— Tu penses qu'il est le père ?

— Possible. Tu te rappelles ce que le frère aîné a dit ?

— Oui. Il a traité sa sœur de menteuse, lorsqu'elle a prétendu qu'il n'était jamais venu en Suisse.

— Exactement. Essaie d'en savoir un peu plus auprès de Samuel Walker. N'hésite pas, au besoin, à utiliser la manière forte avec sa sœur. Cette fois, il faut qu'elle nous dise la vérité. La situation est trop grave pour qu'elle continue de mentir. Fais-lui miroiter la prison si elle te prend pour un con.

— Elle est mineure…

— Et alors ? Nous avons des prisons pour mineurs, s'il le faut. C'est pas une petite dinde de dix-sept ans qui va nous tenir tête, quand même !

Svindal raccrocha, au moment où Sjöberg pénétrait sur le territoire d'Äkäslompolo. Ce dernier bifurqua en direction des cottages de la rive nord du lac gelé.

*

Le commissaire regarda le ciel, qui virait petit à petit du bleu clair au bleu foncé. La voûte immaculée promettait de belles aurores boréales pour la nuit à venir. L'âme du bébé d'Alia Walker flotterait au côté d'autres au firmament.

Le froid envahissait le corps et l'esprit du policier, qui jeta un nouveau coup d'œil à la petite dépouille, véritable poupée désarticulée de chair et de sang. L'enfant n'avait d'humain que les couleurs blanchâtre et violacée de sa peau gelée.

Svindal se devait de préserver ces restes à tout prix, pour empêcher que les loups ne les fassent disparaître. Ceux-ci avaient déjà fait trop de dégâts. Il sortit une torche fumigène de sa veste, l'alluma et la planta dans la neige, à proximité du corps déchiqueté. Les milliers de candelas dégagées par l'intense lumière rouge tiendraient les bêtes sauvages à bonne distance durant huit minutes, le temps qu'il regagne sa motoneige.

Laissant la scène de « crime » derrière lui, il sortit du dédale rocheux du Corridor aux Loups. Dans la pénombre qui envahissait déjà la plaine, il trouva quatre autres torches dans le coffre de son bolide. Au moyen de celles-ci, il balisa un large périmètre dans un endroit plat et dégagé.

Au moment où il entendit le bruit lointain des rotors, il actionna les quatre fumigènes. L'absence de vent dans la plaine permit aux fumées rouges de s'élever à la verticale, afin de guider l'hélicoptère de la police de Kittilä jusqu'à son but.

*

Soulevant dans son sillage des volutes de neige dans l'obscurité naissante, la voiture banalisée de l'inspecteur Sjöberg traversa le pont enjambant la piste de ski de fond et fila en direction des cottages de la rive nord du lac gelé.

Lorsqu'il gara son véhicule sur le parking, l'endroit semblait désert. Hormis la cabane en rondins de bois des Walker, qui laissait filtrer quelques rais de lumière à travers les lamelles de ses stores, les autres maisons paraissaient inoccupées. Aucune fumée ne se dégageait des cheminées.

L'absence de véhicule conforta le policier dans sa déduction ; la famille était seule au milieu de nulle part, livrée à elle-même dans la douloureuse épreuve qu'elle traversait. En dépit de la voûte céleste dégagée, accordant une place de choix à la lune et aux étoiles, l'endroit était lugubre. Surtout dans ces tristes circonstances.

Décidément, Sjöberg n'aimait pas la tâche qui lui était dévolue.

Il allait devoir revenir à la charge contre la victime présumée de ce drame, en accusant la mineure d'avoir été enceinte à l'insu de ses parents, d'avoir fui en pleine nuit sous l'effet des premières contractions, d'avoir accouché clandestinement dans l'enfer blanc de la Plaine des Loups et surtout d'avoir, sous réserve qu'il ne fût éventuellement mort-né, assassiné son enfant.

Sjöberg avait déjà entendu parler de dénis de grossesse, de situations où la mère elle-même ignorait – ou voulait ignorer – qu'elle était enceinte. Chez les très jeunes filles, ceci pouvait curieusement se matérialiser dans la conservation d'un ventre très plat jusqu'au terme. Des tiers percevaient tout au plus un léger gonflement de l'abdomen, qui laissait penser que l'adolescente avait quelque peu abusé de la bonne chère. Des habits amples achevaient l'illusion et pouvaient empêcher des proches, même vivant sous le même toit, de découvrir la vérité.

La nature humaine s'adaptait parfois à la non-acceptation des choses. Dans certaines situations, la détresse et la cruauté vivaient en harmonie.

Alia, qu'avez-vous fait ? se demanda le policier de Kittilä.

Qu'avez-vous trouvé à Koskinen ?

Au point de céder à ses avances ?

De vous donner à lui ?

La relation sexuelle était-elle consentie ?

Vous a-t-il violée ?

Pourquoi n'en avez-vous pas parlé à vos parents ?

Sjöberg préparait son interrogatoire de la jeune fille, tout en cheminant dans la neige jusqu'à la porte d'entrée de la cabane en bois des Walker.

Il repensa à ce qu'il avait dit à Svindal. Le syndrome de Stockholm. La victime tombée sous l'emprise de son tortionnaire au point de trouver des excuses à ses actes, voire, dans certaines situations extrêmes, d'éprouver de l'attirance ou de l'amour pour lui. La honte de la victime. Son sentiment de ne pas avoir résisté, de ne pas avoir osé dire non, de ne pas être sûre de l'avoir exprimé suffisamment clairement. Un schéma classique.

Où les faits se sont-ils produits il y a neuf mois, Alia ?

En Suisse, bien évidemment.

Chez vous ?

Certainement pas.

En pleine nature ?

Peut-être.

Un faux rendez-vous galant qu'il vous a fixé par Internet ?

Le prétexte d'une sortie entre copines ?

Un mensonge de plus à vos parents ?

*

Les lettres bleues POLIISI se détachaient du fond blanc de la carlingue de l'hélicoptère, à l'instar de celles qui ornaient la motoneige du commissaire Svindal.

Les deux agents de la police scientifique de Kittilä quittèrent l'engin alors que les pales tournaient encore, chassant la poudreuse aux alentours. Le souffle des rotors éteignit l'une des torches fumigènes balisant l'héliport improvisé. Le silence qui régnait habituellement dans la Plaine des Loups fut déchiré par le vacarme des moteurs du monstre de métal.

— Salut, émit discrètement l'inspectrice Virtanen. C'est par où ?

— Par là, répondit Svindal en indiquant l'entrée rocheuse du Corridor.

Sans autre parole, elle rabattit le capuchon bleu de sa combinaison sur ses longs cheveux blonds et suivit la piste indiquée, emportant avec elle sa mallette scientifique. Son collègue, un jeune stagiaire de l'université d'Helsinki dont Svindal ignorait le nom, lui emboîta le pas. Le commissaire en fit de même.

Lorsqu'ils atteignirent le lieu du « crime », Virtanen s'étonna de découvrir une torche fumigène marquant la scène baignée de sang et jonchée de lambeaux de chair. Svindal le remarqua et anticipa :

— J'ai fait ça pour éloigner les loups.

Elle approuva le choix, mais demanda :

— Ils ont touché au corps ?

Svindal ne put réprimer un sourire forcé.

— J'ose espérer que ce n'est pas la mère qui a mis son enfant ainsi en charpie. Même sous le coup de l'état puerpéral, Dieu ne le lui pardonnerait pas.

Virtanen ne goûta pas ce second degré.

— Deux louveteaux, corrigea-t-il.

— Vous les avez vus ?

— Oui. Ils se disputaient la dépouille avec ferveur, comme deux gamins se battant pour le même jouet. J'ai dû faire usage de mon arme pour les faire fuir.

— Et les parents ?

— De l'enfant ?

— Non, des louveteaux.

— Je ne les ai pas vus.

Virtanen scruta les moindres recoins du Corridor autour d'elle. Quelques cavités dans la roche marquaient la présence de grottes susceptibles de faire office de tanière. Elle ne parut guère rassurée.

— La nuit tombe vite. Nous ne devrions pas traîner ici.

— Les loups n'attaquent pas l'homme, tenta-t-il de la rassurer.

— Dis-le à ce bébé, murmura l'inspectrice scientifique.

— Ce n'est pas pareil. Il était mort.

— Qu'en sais-tu ?

Svindal fut ébranlé par la question et par ce qu'elle évoquait en lui comme image. Il se rendit compte de l'hypothétique horreur de la situation : l'enfant d'Alia égorgé vivant par les bêtes sauvages.

— Comment le savoir ? finit-il par lâcher.

— L'autopsie le dira, répondit froidement Virtanen. Les légistes verront tout de suite si les lésions provoquées par les morsures sont *ante mortem* ou *post mortem*. Il suffit d'étudier le contour des plaies pour savoir si les tissus ont saigné ou non.

Le commissaire fut écœuré par l'évocation de ces détails.

— Bon, reprit l'enquêtrice à l'intention de son jeune stagiaire, on prend des photos de la scène de crime, on effectue des prélèvements sanguins dans la neige aux alentours, puis on embarque les restes du corps dans une boîte et on se casse d'ici vite fait, avant que papa et maman loups ne viennent nettoyer les restes du festin de leurs rejetons.

— Ce ne sont pas des requins, corrigea Svindal. Ils ne sont pas attirés par le sang comme les squales.

— Peut-être, mais je préfère ne pas prendre le risque. L'hiver est particulièrement rude et on ne sait jamais comment peuvent réagir les bêtes sauvages quand elles crèvent de faim.

Comme pour corroborer l'affirmation de l'inspectrice scientifique, un hurlement animal caractéristique déchira le crépuscule. D'autres lui firent bientôt écho.

— Voilà ! Qu'est-ce que je vous disais ? ironisa-t-elle en affichant un air faussement assuré.

À côté d'elle, le jeune citadin de la capitale ne sut s'il devait partager les craintes de son maître de stage ou le démenti du commissaire de Kittilä. Dans le doute, il se pressa de sortir le matériel photographique et de prendre les premiers clichés.

Virtanen se chargea des prélèvements.

— Dans quel délai pourra-t-on avoir les premiers résultats ? demanda Svindal.

— Ça dépend. Si tu parles de l'autopsie, il faut attendre demain matin. Tu connais nos médecins légistes. Ils ne vont pas sabrer leur soirée pour un tel cas.

— L'autopsie peut attendre, admit-il. Ce qui m'intéresse avant tout, c'est la confirmation de la paternité d'Erik Koskinen.

L'enquêtrice haussa les épaules, comme si la réponse paraissait évidente.

— Si nous avons l'ADN de la mère et du père présumé, ça devrait pouvoir se faire très rapidement.

— Ce soir encore ?

— Si tu me convaincs que c'est urgent et qu'ensuite tu m'offres un bon resto…

— C'est urgent.

— Tu as l'ADN de la mère ?

— La nuit dernière, elle a subi une opération à l'hôpital de Kittilä. Les médecins lui ont fait une prise de sang.

— Je vois… Pas très légal pour établir un profil ADN, mais on peut s'arranger. Et pour Erik Koskinen ?

— Son ADN est dans le fichier national, depuis sa première affaire de mœurs.

— Dans ce cas… et pour le resto ?

Svindal lui sourit et, tout en repartant vers la sortie du Corridor, lui répondit :

— Je vais chercher un Tupperware dans l'hélico… pour les restes !

*

La nuit avait envahi les forêts bordant le village d'Äkäslompolo. Encerclé par la neige et les conifères pliant sous le poids de celle-ci, le complexe de cabanes ressemblait à un fort se préparant à contenir l'assaut des forces de la nature. De la fumée blanche ne s'échappait que d'une seule cheminée, celle du logement des Walker.

L'inspecteur Sjöberg gravit les quelques marches glissantes qui menaient au perron. Soupirant en pensant à la désagréable tâche qui l'attendait, il hésita une seconde, appuya sur la sonnette et attendit.

Silence.

Personne ne vint.

Il sonna une seconde fois.

Attendit.

Et attendit encore.

Puis il finit par coller une oreille contre la porte d'entrée, qui demeurait désespérément close. Aucun bruit ne filtrait de la cabane. La lumière et la fumée suggéraient une présence humaine, mais l'absence de toute réaction et le silence ne présageaient rien de bon. Surtout dans ces circonstances.

Il appela une première fois de l'extérieur.

— Monsieur Walker ?

Aucune réponse.

Il réitéra son appel.

Sans succès.

Il se décida alors à actionner la poignée, qui tourna dans le vide. Sans les clés, pas moyen d'entrer. Sauf pour un policier formé à ce genre de situation.

Extirpant son porte-monnaie de la poche de son pantalon, il trouva, rangées dans le compartiment au milieu de plusieurs pièces d'euros, deux petites tiges métalliques. Son passe-partout.

Il le fit jouer dans la serrure, qui finit par céder après quelques manipulations. La porte s'ouvrit sur le vestibule.

Sjöberg remarqua tout de suite les cinq paires de bottes posées au pied du séchoir à sa gauche, ainsi que les vestes suspendues sur sa droite. Ils étaient là.

Il appela une troisième fois :

— Madame Walker ?

Aucune réponse. Seul un léger bruit de fond remplaçait le silence. De la musique semblait provenir de la pièce principale, sur sa droite. Sjöberg se rappela la rapide visite de la maison : la salle de bains.

Le sauna...

Quel idiot ! Ça expliquait que la famille n'ait rien entendu. Quelle idée, aussi, de faire un sauna dans pareille situation ! Les Walker avaient peut-être trouvé là un moyen de se détendre en famille, après les événements des dernières vingt-quatre heures. Qui sait ? L'état de choc pouvait parfois engendrer des actes étonnants.

Au moment où l'inspecteur commençait à éprouver un certain soulagement, il se ravisa bien vite. Son attention fut soudain attirée par des traînées luisantes sur le sol de la pièce principale. Le liquide rouge vif était visqueux. Sjöberg ne s'y trompa pas.

C'était du sang.

Du sang en quantité.

Son regard passa de l'assurance à la panique. Il sentit s'allumer en lui des signaux d'alarme. Sa main droite chercha son arme. Au moment où il la dégainait, il sentit une puissante force le pousser dans le dos. Il perdit l'équilibre et tomba en avant. Son pistolet heurta le carrelage et glissa à un mètre de lui.

Par réflexe de survie, couché sur le ventre, il allongea le bras pour récupérer l'arme. Mal lui en prit.

La hache s'abattit avec violence. Son fer trancha les chairs et les os à hauteur du poignet, avant de produire un son métallique au contact du sol.

Sjöberg hurla de douleur. Il se recroquevilla aussitôt et chercha à saisir son moignon avec sa main gauche. Le sang jaillissait par saccades du membre tranché. Il en reçut plein le visage déformé par la souffrance.

Il se retourna pour voir son assaillant. Ses yeux terrifiés n'eurent que le temps de voir l'éclat de la hache reflétant les flammes de la cheminée. Plus violent, le second coup lui déchira le visage en deux, dans un affreux bruit d'os broyés.

19

À force de côtoyer le preneur d'otage et de récolter des renseignements à son sujet, celui-ci n'était plus un étranger pour Marc Boileau. Quelque part, le but du négociateur était de devenir un proche, quelqu'un qui connaissait les détails de l'histoire de la vie de l'autre, un familier, un intime. Mais Walker ne le savait pas encore.

— Qui a tué l'inspecteur Sjöberg ?

La question demeura sans réponse.

— Ça ne peut pas être Svindal, puisqu'il était à la Plaine des Loups. Alors qui ?

En posant ses questions, Boileau s'avança vers le devant de la scène, les mains en l'air, bien visibles, pour montrer à son interlocuteur qu'il ne risquait rien. Arrivé à hauteur des barrières de sécurité, il s'arrêta. Il se tint dans le cercle de lumière d'un spot jaune, à une dizaine de mètres de Walker.

— Koskinen ? insista le négociateur.

— Je n'ai rien fait ! se défendit le blond.

— Qu'en dites-vous ? relança le policier en ignorant la réponse du Lapon. Koskinen est-il innocent ? Ou coupable ?

— Je ne sais pas ! aboya nerveusement le preneur d'otage.

Boileau tenta de le calmer.

— Je suis sûr qu'au fond de vous, Walker, vous avez les réponses à toutes ces questions. Que dit votre cœur ?

Sur la scène, la cible commençait à s'agiter, ignorant qu'une marque rouge se baladait sur son torse. Le pointeur laser du *sniper* de la régie ne le quittait plus.

Le négociateur n'attendait pas vraiment de réponse de son interlocuteur. Il regarda sur sa gauche et vit l'un des deux corps piétinés. On ne l'avait pas informé de ce paramètre et il fulmina intérieurement. Ses collègues du GI et du PC opération ignoraient-ils réellement l'existence de ces morts collatéraux ou ne les avaient-ils pas jugés importants pour l'appréciation de la situation ?

Si c'était le cas, c'était une erreur.

Merde...

La vue du cadavre dans ce cadre musical évoqua en lui le tableau cauchemardesque de la centaine de victimes du Bataclan, lors des attentats de Paris du 13 novembre 2015. Son esprit imagina le corps piétiné se démultiplier pour ne former plus qu'un horrible amas de chair et de sang, sur lequel il devrait marcher pour atteindre la scène. Il n'osait imaginer ce qu'avaient vécu les premiers policiers français qui avaient pu accéder à la salle de spectacle.

Il fixa encore une fois ce corps sans vie, anonyme et gisant dans un sombre recoin du chapiteau. Il s'attendait à tout moment à ce qu'il ouvre les yeux, se relève et se mette à lui parler ; mais curieusement, aucun fantôme ne se manifesta.

Il regarda sur sa droite et aperçut deux membres du groupe d'intervention, en tenue d'assaut. Tapis dans un recoin sombre de la tente, ils attendaient les ordres.

— Je vous rejoins sur la scène. D'accord, Walker ?

— OK… hésita le preneur d'otage. Mais comme je l'ai dit : sans arme, ni micro. Pas de portable non plus.

— Je ne suis pas armé.

— Un flic sans arme ? Vous vous foutez de ma gueule, Boileau ?

— Pas du tout. Je n'ai pas d'arme, mais je vais me débarrasser de mon téléphone. Vous permettez ?

En prononçant ces mots, il n'attendit pas l'approbation de son interlocuteur. Il retira lentement sa veste légère et effectua un tour sur lui-même, afin de démontrer au preneur d'otage qu'il disait vrai. Ensuite, d'une main, il saisit son portable à deux doigts, le montra distinctement, puis le jeta loin de lui sur sa droite. L'objet atterrit aux pieds des hommes du Cougar, qui le ramassèrent.

— Pas de micro ? demanda Walker.

— Non.

— Alors, vous pouvez monter sur la scène par l'escalier qui se trouve sur votre gauche. Mais pas de geste inconsidéré !

— Je vous le promets. Mais à votre tour, promettez-moi de relâcher Koskinen.

— Je le ferai.

— Quelle garantie me donnez-vous ?

— Il faudra me croire sur parole, comme je vous crois pour l'absence de micro.

L'échange se passa comme convenu, sans accroc. À l'injonction de Boileau, le Lapon descendit de la scène par l'escalier en gardant les mains en l'air. Il longea les barrières de sécurité et se dirigea vers les deux membres du GI, qui étaient hors de vue de Walker. Par précaution, ces derniers le plaquèrent au sol, avant de le menotter et de l'extraire du chapiteau par le carré VIP.

*

— Qu'est-ce qu'il a fait ? aboya Gallys.

— Il a pris la place de l'otage, répondit un de ses hommes, en déposant le portable de Boileau sur la table de commandement. Dans le bus du PC de crise, la tension était palpable.

— Il est suicidaire ? s'offusqua le chef du groupe d'intervention.

— C'est tout le contraire, temporisa Gil Decker. Il a pris l'avantage. En face à face, il est fort. Très fort même. Il saura convaincre Walker de se rendre. Et vous vous en tirerez avec les honneurs.

— Et si ça tourne mal ?

— Ça ira…

— N'empêche, avec l'état de santé de son épouse, Marc n'est pas au mieux de sa forme. Qu'est-ce qu'on fait si l'hôpital appelle alors qu'il est sur la scène ? On prie les médecins de l'excuser auprès de sa femme ?

— Tu n'es pas drôle, Manu. On gérera. Tout comme Marc est en train de le faire en ce moment avec ce type.

— Je ne suis pas sûr qu'il gère, Gilou. Il s'est coupé de tout moyen de communication en montant sur scène.

Comment va-t-il faire, maintenant, pour coordonner une éventuelle intervention ? Il voulait tout maîtriser, jusqu'à l'engagement des *snipers*. Il a tout fait foirer. Je n'aurais jamais dû accepter…

— Accepter quoi, capitaine Gallys ?

La voix grave et rocailleuse, signe d'une grosse consommation de tabac, interrompit la discussion. Toutes les têtes se tournèrent vers le nouvel arrivant.

— Bonsoir monsieur le procureur.

Gil Decker salua en premier, avant que les autres ne l'imitent à l'unisson, impressionnés par l'arrivée impromptue du représentant du ministère public.

— Nous discutions des compétences pour ordonner un éventuel assaut, répondit le chef du GI.

— Quel est le problème ?

En quelques mots, Gil Decker résuma la situation au nouvel arrivant.

— Et vous, capitaine Gallys, qu'en pensez-vous ? demanda le magistrat.

— Je pense, monsieur le procureur, qu'en voulant cumuler les fonctions, le commissaire Boileau n'est plus à même de coordonner une intervention efficace.

— Qu'est-ce qui vous fait dire ça ?

— Toute la situation est malsaine depuis le début. Il y a eu un changement de négociateur – qui a certes été exigé par le forcené – ce que nous aurions dû refuser. Le sergent Decker avait pris les choses en main et assumait parfaitement son rôle. Ensuite, il n'y a qu'un seul PC opération, alors que nous aurions dû en créer un séparé pour optimiser la négociation.

— Je ne suis pas sûr de bien comprendre, capitaine Gallys, intervint le représentant du ministère public.

Vous avez préconisé cela et le commissaire Boileau l'a refusé ?

— Non, répondit honnêtement le chef du GI. Mais avec son expérience, il sait très bien qu'on ne peut pas établir une relation intime avec un forcené en crise si l'on se trouve dans l'effervescence d'un PC opération. Je dois gérer mes hommes qui se trouvent dans le premier cordon de sécurité. Un autre officier doit gérer le second cordon et les relations avec les médias. Quant au négociateur, il doit tout mettre en œuvre pour que le sujet puisse reprendre le contrôle d'une situation émotionnelle qui lui échappe. Chaque fonction du dispositif est différente et il est capital que ce soit une autorité distincte du négociateur qui commande.

— Pour quelle raison ?

— Parce que le négociateur peut, à tout moment, se retrouver sous l'emprise de ses propres émotions et captif d'une démarche jusqu'au-boutiste pour parvenir à son but, c'est-à-dire la reddition pacifique, quitte à se priver d'une opportunité stratégique.

— En d'autres termes, si j'ai bien compris, il pourrait saboter inconsciemment une chance d'intervention en s'accrochant aveuglément à sa mission ?

— C'est ça.

— Dans ce cas, capitaine Gallys, reprenez les rênes de votre groupe !

— Si c'est ce que vous suggérez…

— Ce n'est pas une suggestion, coupa le magistrat d'un ton hautain. C'est un ordre. Si je suis là, c'est que j'ai décidé d'ouvrir une instruction. Donc, conformément au Code de procédure pénale, j'en prends la direction, y compris sur le plan opérationnel, et j'annule tout ordre contraire que vous aurait donné le commissaire Boileau.

— Très bien, quittança Gallys.

Decker hésita à faire part de sa désapprobation, mais il s'en abstint. Il savait qu'il n'avait aucune chance de faire changer d'avis le procureur Sylvain Kornisch. D'autres s'y étaient risqués par le passé et tout ce qu'ils avaient gagné c'était des ennuis avec la hiérarchie.

*

Le regard de Marc Boileau se perdit dans le sang qui maculait la scène. Ses yeux remontèrent le flot rouge jusqu'à la plaie béante qui ornait le front du jeune chanteur du groupe Michigang.

Le négociateur plongea dans les pupilles dilatées du cadavre. Il savait que, bientôt, il aurait avec ce fantôme une conversation dont le sujet serait orienté par l'enquête à venir. Ils apprendraient à se connaître.

— Quel était son nom ? demanda-t-il au preneur d'otage.

— Je ne sais pas, répondit ce dernier.

Évidemment, la question était stupide.

— Pourquoi l'avez-vous tué ?

— Il a essayé de s'en prendre à moi.

— Parce que vous avez fait irruption en plein concert.

— Je ne sais pas. Je ne sais plus. Tout est confus dans mon esprit.

— J'en suis conscient, Walker. C'est pour ça que je suis là, pour vous aider à remettre de l'ordre dans vos souvenirs.

— J'aimerais bien…

— Pour commencer, il faut absolument que vous vous rappeliez de ce qui s'est passé en Laponie.

Le preneur d'otage s'énerva.

— Que croyez-vous que je fasse, depuis le début de cette soirée ?

Il se mit à gesticuler inconsidérément avec son pistolet, ignorant toujours le point rouge du laser qui ne le quittait plus et le suivait dans le moindre de ses mouvements.

— Calmez-vous, Walker. Je ne suis là que pour vous aider. Vous ne devez pas voir en moi un ennemi, mais un allié.

— Facile à dire, ricana son interlocuteur. Vous êtes flic et moi… qui suis-je ? Je suis le méchant, dans cette histoire ?

— Je ne crois pas. Je crois que vous êtes perdu et que vous avez besoin d'aide. C'est pour ça que je suis là. Vous le savez, au fond de vous. Sinon, vous n'auriez pas demandé à me parler, n'est-ce pas ?

— Sans doute…

Le preneur d'otage parut réfléchir.

— Si vous avez fait appel à moi, c'est que vous me connaissez, reprit Boileau. Vous savez que vous pouvez me faire confiance. Du moins, je l'imagine.

— Je sais que vous êtes un bon flic.

— C'est ce qu'on dit, à ce qu'il paraît.

— Pourquoi ? C'est faux ?

— Je ne crois pas, sourit le négociateur. Mais il est difficile de faire son autocritique.

Les deux hommes se jaugèrent un instant du regard, sans dire un mot. Le preneur d'otage devait chercher dans les yeux du policier la preuve qu'il pouvait lui faire confiance. À l'inverse, le négociateur évaluait les chances de succès de sa mission.

— Dites-moi, Walker, reprit Marc Boileau, si nous devons poursuivre cette conversation, permettez-vous que je vous appelle par votre prénom ?

20

Lorsque l'hélicoptère avait quitté la Plaine des Loups pour rejoindre Kittilä, avec à son bord les deux policiers scientifiques, le corps du nouveau-né et les prélèvements effectués sur les lieux, le commissaire Svindal avait rejoint de son côté le centre d'Äkäslompolo dans la soirée.

Il gara sa motoneige devant le *Julli's Bar*, où il jeta son dévolu sur un volumineux hamburger au renne fumé, son seul véritable repas de la journée.

À plusieurs reprises, il tenta vainement de joindre l'inspecteur Sjöberg. Après quelques sonneries dans le vide, l'opérateur DNA le renvoyait automatiquement sur la messagerie. Il n'était certes pas dans les habitudes de son collègue de ne pas répondre au téléphone, mais la présente situation était particulière. La famille Walker nécessitait un soutien psychologique et il fallait à la fois lui interdire de quitter le territoire. Le lui faire comprendre ne serait pas chose aisée. Svindal n'enviait pas le rôle qu'il avait confié à son adjoint.

Il commanda une Lapin Kulta, qu'il avala d'un trait en attendant son repas. Puis il en commanda une seconde.

Autour de lui, le restaurant grouillait de vacanciers finlandais, de touristes étrangers et de travailleurs locaux, qui parlaient fort et rigolaient au milieu de la fumée et des odeurs de viande grillée. En haute saison, le *Julli's Bar* affichait complet tous les soirs et il fallait impérativement réserver pour avoir la chance d'obtenir une table. Arrivé à l'improviste, le policier avait trouvé une place au comptoir. À la vue des insignes sur sa doudoune, la serveuse avait su convaincre ses deux voisins de se serrer un peu.

Après une bonne rasade de bière, Svindal essaya d'appeler Sjöberg une nouvelle fois, sans succès. Il composa alors le numéro de l'inspectrice Virtanen.

— C'est moi. Tu as les résultats ?

— Tu plaisantes ! s'insurgea-t-elle. Je viens tout juste d'arriver au labo. Laisse-moi un peu de temps, s'il te plaît.

— OK. Mais fais vite !

— Promis.

Trente minutes. Pas une de plus. Ce fut le délai qu'il s'accorda pour terminer son hamburger, avant de rappeler Sjöberg. En cas de nouvel échec, il se rendrait lui-même chez les Walker. Telle fut sa décision.

*

Lorsque le liquide entra en contact avec les pierres brûlantes, il siffla et s'évapora en provoquant une onde de chaleur. De la buée voila immédiatement les vitres du sauna et une puissante odeur d'eucalyptus pénétra les narines d'Alia Walker. Ses yeux piquèrent et des larmes de défense se mêlèrent aux larmes de tristesse.

L'adolescente avait peur. Elle savait que la police allait découvrir la vérité, tôt ou tard. Ce n'était plus qu'une question de temps. Mais ce qu'elle redoutait par-dessus tout était la réaction de ses parents.

Son cerveau fonctionnait à plein régime et les images du passé et du futur s'entrechoquaient. Elle ne savait que faire et ne voulait d'ailleurs peut-être pas le savoir. Pour tenter de chasser toutes ces questions gênantes, elle augmenta le volume de la musique. Son MP3 ne supporterait probablement pas le bain de vapeur. Qu'importe ! Son âme se perdit dans une chanson noire de Rammstein. Ses yeux se fermèrent. Et ses oreilles ignorèrent tout du drame qui se jouait à ce moment précis dans la pièce voisine.

*

L'odeur du café supplanta celle, ambiante, de la friture. Svindal avala son express d'un trait et s'intéressa au journal du jour, posé sur un coin du comptoir. Il n'eut toutefois pas le temps de l'ouvrir. Son portable vibra.

Ce n'était pas Sjöberg.

— Je t'écoute, lâcha-t-il sans cérémonie.

— J'ai les premiers résultats ADN, annonça l'inspectrice Virtanen.

— Alors ?

— J'ai analysé l'ADN extrait du nouveau-né par PCR au moyen d'un kit NGM Select, qui permet la détermination de seize *loci* et du sexe de…

— Abrège la partie scientifique, s'il te plaît. Va droit au but.

— Bien. À partir d'une comparaison des profils de la mère et de l'enfant, nous avons pu déterminer les allèles du père biologique. Ce demi-profil a été introduit dans la base de données nationale, mais…

— Mais quoi ?

— Erik Koskinen n'est pas le père de cet enfant.

— Tu en es sûre ?

— Certaine. Il n'y a aucune concordance.

— Merde. Dans ce cas, nous allons devoir reprendre l'enquête à zéro.

— Pas forcément.

— Que veux-tu dire ?

— J'ai analysé les seize marqueurs et plusieurs d'entre eux présentent des similitudes avec l'ADN d'Alia Walker.

— En d'autres termes ?

— Le père de l'enfant est un membre de sa famille.

Svindal accusa le coup. Son cerveau se mit à bouillonner. Il voulut s'assurer d'avoir bien compris.

— Tu veux dire que…

— Nous sommes en présence d'un cas de consanguinité de tout premier degré. Ou si tu préfères, un « beau » cas d'inceste entre père et fille…

Le policier de Kittilä passa en revue dans sa tête tous les visages de la famille. Il entrevit une autre possibilité.

— Ou entre frère et sœur ?

— Possible aussi.

— Mais lequel ? insista le commissaire. Le père ou le fils aîné ?

— Ça, je ne peux pas le savoir en l'état, répondit Virtanen. Nous ne disposons ni de l'ADN de Rolf Walker, ni de celui de son fils Samuel.

Svindal se rendit soudain compte du fait que la mission qu'il avait confiée à Sjöberg présentait une autre dimension. Le fait que son adjoint ne réponde plus au téléphone l'inquiéta d'autant plus. Il remercia l'inspectrice scientifique et raccrocha. Sans attendre l'addition, il déposa un billet de cinquante euros sur le comptoir et dit à la serveuse qu'elle pouvait garder la monnaie. Il avait rarement été si généreux en pourboire. Il ne s'en rendit même pas compte.

La nouvelle tournure prise par les événements requérait qu'il se rende en urgence à la cabane des Walker.

*

Le sauna était contre-indiqué pour ses lésions, mais Alia s'en fichait royalement. Elle avait connu pire. Elle avait failli mourir de froid. Les doigts qu'elle avait perdus et les douleurs fantômes naissantes se chargeaient de le lui rappeler.

Elle avait besoin de cette intense chaleur et de cette humidité.

La sueur dégoulinait le long de son corps nu et imprégnait le pansement. Les écouteurs inondaient ses oreilles de sombres paroles en allemand.

« *… und der Wald er steht so schwarz und leer… weh mir oh weh, und die Vögel singen nicht mehr…* »

— Sans toi, je n'existe pas… traduisit-elle en fredonnant le refrain.

Les larmes ne cessaient de couler de ses yeux clos. Elle n'entendit pas l'intrus pénétrer dans la salle de bains.

*

Une voûte étoilée dominait Äkäslompolo et son lac gelé. La température était tombée en dessous des moins vingt degrés Celsius. Très peu de piétons osaient s'aventurer dans les rues recouvertes de neige. La plupart des sorties nocturnes s'effectuaient en voiture ou en bus, à la lumière des réverbères diffusant leur lumière orangée.

Svindal dut s'y prendre à six reprises pour faire démarrer sa motoneige.

Il ne sut si l'engin était fatigué de son safari dans les épaisses couches de poudreuse de la Plaine des Loups ou si le stress de la situation engendrait chez lui des défaillances. Lorsque le moteur émit un vrombissement caractéristique, il fut soulagé. Ce soulagement ne fut toutefois que passager. Un voyant lumineux du tableau de bord lui rappela qu'il était presque à court de carburant. Il avait omis ce détail, qu'il avait pourtant remarqué peu avant son arrivée au *Julli's Bar*.

Il ne manquait plus que ça.

Atteindrait-il le cottage des Walker, qui se trouvait à plus d'un kilomètre ?

Osait-il prendre le temps de faire le plein de sa machine en chemin ?

Ou était-il préférable de réquisitionner un autre véhicule ?

Il regarda autour de lui. Les voitures ne manquaient pas. Il y avait notamment toutes celles des clients du restaurant. Il s'imagina faire demi-tour, revenir dans l'établissement, sortir sa plaque et exiger une clé de contact. L'idée lui déplut.

Il regarda en direction du lac, au-delà de la grande étendue gelée, plongée dans le noir. Il devinait l'autre berge, relativement lointaine. Quelques points lumineux épars marquaient l'emplacement des lotissements. Celui des Walker devait être l'un d'entre eux. Il évalua rapidement la distance. En coupant par la glace, il pourrait y arriver.

Il mit les gaz, traversa la route nationale, bifurqua à hauteur d'un supermarché et gagna la piste balisée traversant le lac.

*

Alia fut tirée de sa méditation germanique par un léger frottement contre le bois du sauna. Elle ouvrit les yeux et regarda vers la porte vitrée. La condensation l'empêchait de voir à l'extérieur. Elle ôta les écouteurs de ses oreilles et appela :

— Maman, c'est toi ?

Elle n'obtint aucune réponse.

— Papa ?

Déstabilisée par le silence, elle passa une main sur la vitre pour essuyer la buée. Les gouttelettes éparses troublaient la vue limitée qu'elle avait sur la salle de bains. Elle ne vit personne.

Persuadée qu'elle n'avait pas rêvé ce frottement, elle tenta d'ouvrir la porte en bois, mais celle-ci lui résista. Ce n'était pas normal. Elle poussa une seconde fois, sans succès. À l'extérieur, une ombre furtive passa dans son champ de vision.

— Sam, c'est toi ?

Pas de réponse.

— Si c'est toi, reprit-elle, ce n'est pas drôle du tout. Ouvre cette porte.

Elle parlait toute seule. Petit à petit, elle sentit une vague de chaleur l'envelopper, puis envahir ses bronches. Sa respiration devint pénible. Son corps évacuait la transpiration à grosses gouttes. Sa peau commençait à brûler aux endroits sensibles.

Elle tourna la tête pour regarder les pierres de lave. Entre celles-ci, elle devina les corps de chauffe, qui étaient passés de l'orange vif au blanc étincelant. Quelqu'un avait manipulé le bouton du thermostat. Le thermomètre intérieur était passé en peu de temps de cent à cent-quinze degrés. L'angoisse de l'enfermement se mêla à la chaleur. Elle commença à suffoquer.

— Sam, tu es fou ! geignit-elle. Arrête ça tout de suite.

Elle se mit à tambouriner contre la porte du sauna. Confrontée à l'absence de réaction, elle redoubla la puissance de ses coups et de ses cris.

— Papa ! Maman ! Au secours ! Venez m'aider ! Je suis enfermée dans le sauna. Je ne peux plus sortir. Quelqu'un a bloqué la porte. À l'aide !

Personne ne vint.

*

La puissante machine de Svindal fonçait à travers le lac dans la nuit étoilée. Les reflets des lumières du village dans la neige s'estompaient au fur et à mesure qu'il s'éloignait de la berge. Dans l'obscurité, sur sa gauche, des panneaux plantés dans la glace rappelaient le danger de la couche rendue mince et friable par l'embouchure de la rivière.

Au milieu de la grande étendue gelée, à la croisée des pistes de ski de fond, l'engin vira vers le nord-est.

Emmitouflé dans sa combinaison polaire, avec son capuchon, ses gants et ses lunettes de tempête, le policier finlandais ressemblait à l'un de ces aventuriers affrontant les glaces de l'Antarctique.

La température était passée sous les moins vingt degrés.

Ce fut peu après l'embranchement des pistes, à équidistance de chaque rive, perdue au milieu de nulle part, que la motoneige manifesta les premiers signes de soif. Elle toussota, avança de quelques dizaines de mètres, pétarada et finit par caler.

— Merde ! jura le commissaire en frappant du poing sur le réservoir de sa machine.

*

L'intense chaleur devenait intenable. Alia commençait à sentir sa peau brûler. Sa respiration était haletante. Sa vision se voilait. Elle fut prise de vertiges et s'assit sur la banquette en toussant. À travers la serviette de bain, elle sentit la température du bois.

— Au secours ! gémit-elle une nouvelle fois, presque à bout de force.

Dans un élan de désespoir, elle projeta ses pieds de toutes ses forces contre la porte du sauna, qui s'ouvrit facilement.

Un instant, elle resta bouche bée. Elle n'y croyait pas, regardait béatement l'issue libérée et ne s'y précipita qu'après un temps d'attente irréel.

Avait-elle rêvé ?

À cause de sa propre sueur, elle manqua glisser sur le carrelage froid de la salle de bains, que la buée envahissait déjà. Elle trouva le lavabo, s'y appuya et ouvrit le robinet d'eau froide à fond, pour y plonger la tête. Le choc thermique lui fit l'effet d'une claque.

Putain, qu'est-ce qui s'est passé ?

Penchée en avant sur le lavabo, elle but de larges rasades d'eau fraîche, jusqu'à ce que sa gorge desséchée retrouvât d'agréables sensations. Elle sentit en elle son sang cesser de bouillir, pour couler à nouveau normalement dans ses veines.

L'estomac plein de liquide, elle se redressa et soupira. Elle épongea ses cheveux détrempés et voulut se regarder dans le miroir, mais la condensation l'avait rendu opaque.

Elle l'essuya d'un revers de main.

Et sursauta.

Le reflet trouble d'un visage masculin l'observait dans son dos. Elle voulut se retourner, sans succès. L'homme la ceintura fermement, la plaqua contre le lavabo, puis il fit glisser sa serviette, qui tomba. Elle se retrouva complètement nue. À sa merci.

*

Svindal évalua rapidement la distance qui le séparait du lotissement des Walker. À pied, il lui faudrait plus d'un quart d'heure pour l'atteindre, même en se dépêchant. Il n'avait guère le choix.

Abandonnant la motoneige au milieu du lac gelé, il se mit à courir tant bien que mal le long de la piste de ski de fond. Par endroits, il s'enfonçait lourdement dans la neige mal tassée, ce qui brisait son élan. Le froid polaire l'empêchait de respirer correctement. Les poils de son nez gelaient à chaque inspiration. Très vite, il comprit qu'il devrait moduler son effort, s'il voulait parvenir à son but dans un délai raisonnable.

Pourtant, une petite voix perturbait son esprit. Elle lui susurrait sans relâche, depuis son départ du *Julli's Bar*, que Sjöberg et la famille Walker couraient un grave danger.

*

Alia renonça très vite à se débattre. Toute velléité de résistance était vaine. Elle le sut au moment où elle reconnut son agresseur. Elle ne trouva même plus la force d'appeler les autres membres de sa famille.

— Qu'est-ce que tu veux ? lui demanda-t-elle, étrangement calme.

— Te baiser… lui murmura-t-il à l'oreille.

Elle sentit son souffle dans sa nuque et sur ses épaules mouillées.

— Je n'ai pas envie, se défendit-elle sans oser bouger.

— Moi si…

L'homme la ceinturait par-derrière et la maintenait prisonnière entre lui et l'armature du lavabo. Son sexe en érection était appuyé contre ses fesses et glissait sur sa peau moite de sueur. Il caressait sa nudité, pour s'approcher de l'entrée de son intimité.

— Tu es fou, Sam ! tenta-t-elle de freiner les ardeurs de son frère. Tu as trop fumé de ta merde ou quoi ?

— J'ai envie de toi, sœurette… gémit-il en appuyant sa virilité pour conquérir les chairs féminines d'Alia.

— Moi pas ! s'énerva-t-elle soudainement, sans pour autant crier, de peur d'alerter leurs parents.

— Pourtant, la dernière fois…

— La dernière fois – la seule fois d'ailleurs – tu m'avais fait fumer ta *beuh*. Ça ne m'a pas réussi. Ça s'arrête là !

— Ne me dis pas que tu n'as pas joui. Tu étais une vraie tigresse, ce soir-là.

— Je n'étais plus moi-même. Tu le sais.

— Pourtant, quel pied d'enfer !

En prononçant ces mots, il la pénétra un peu plus. Elle grimaça.

— Arrête ça ! Tu me fais mal.

— Allez ! Rejoins-moi, sœurette. Laisse-moi te baiser encore une fois. Je suis sûr que tu voudrais me sentir exploser en toi. Comme la dernière fois. Quand nous avons fusionné, toi et moi. C'était si bien… mais c'était il y a si longtemps !

— Il y a neuf mois, Sam. Neuf mois ! Est-ce que je dois te rappeler que ces dernières semaines, j'ai tout mis en œuvre pour cacher mon état aux ancêtres. Qu'est-ce qu'ils vont dire quand ils l'apprendront ? Et que va dire la police finlandaise quand elle découvrira le corps du bébé ?

— On s'en fout des vieux, Alia, conclut-il. Et on s'en fout du bébé. Pense à autre chose. Je ne sais pas, moi… Pense à toi, pense à nous deux. Vis le moment présent !

Elle le regarda par-dessus son épaule, d'un air dédaigneux.

— Mais t'es débile ou tu le fais exprès ? Tu te rends compte de la situation dans laquelle on est ? Tous les deux ?

Il s'énerva soudain.

— Si tu as peur de retomber enceinte, il existe d'autres moyens de prendre son pied, sœurette !

Il retira sa verge du vagin d'Alia, la saisit par la nuque et l'obligea à se pencher plus bas sur le lavabo. Elle se retrouva immobilisée, avec une clé de bras dans le dos.

— Qu'est-ce que… voulut-elle objecter.

Elle ne put finir sa phrase. D'un coup sec, il la pénétra par l'anus. Par réflexe, elle cria. De douleur aussi.

— Non, pas comme ça… gémit-elle.

Il n'écouta pas et poursuivit son geste. Elle se mit à pleurer.

— Sam… le supplia-t-elle. Arrête ! Ce n'est pas normal. Pas entre frère et sœur.

— Nous ne savons même pas si nous le sommes vraiment, répliqua-t-il sans cesser de la sodomiser.

Elle ne comprit pas sa remarque.

— Qu'est-ce que tu veux dire ?

— Je ne suis pas sûr d'être ton frère, Alia.

Ses sanglots redoublèrent.

— Si. Je suis ta sœur !

— Peut-être. Mais Quentin n'est pas notre frère !

— Quoi ?

Elle ne sentait même plus le va-et-vient de son sexe entre ses fesses. Seule la froideur du lavabo mordait sa peau à vif.

— Quentin n'est pas notre frère, répéta rageusement Samuel.

— Arrête, Sam, tu délires, tu dis n'importe quoi. Nous étions tous les deux à la maternité quand maman…

— Notre demi-frère, peut-être. Mais papa n'est pas son père. Quentin est un bâtard. Le fils d'un autre. D'un amant de notre mère. De cette pute !

En prononçant ce mot, il plongea au plus profond de l'orifice de sa sœur. Le geste était dicté par la haine, sans aucune connotation de plaisir.

Elle hurla, puis éclata en pleurs.

— Arrête, Sam ! Par pitié. Tu me fais mal. Et les parents vont nous entendre.

— Ça m'étonnerait, ricana l'adolescent.

Sans retirer son sexe, il se mit à caresser sa sœur sur tout le corps. Ses mains glissaient facilement sur la peau transpirante. La sueur constituait un bon lubrifiant. Le sang aussi.

Alia parvint à se redresser un peu et vit à nouveau le reflet de son frère dans le miroir de la salle de bains. Il pleurait lui aussi et avait retrouvé des gestes un peu plus doux. Leurs corps fusionnés, comme dans une œuvre de Giger, n'en formaient plus qu'un. Les doigts fouineurs parcouraient sa taille, son abdomen et sa poitrine. Ils laissaient de longues traces rouges dans leur sillage.

Elle pensa d'abord qu'il l'avait fait saigner en la sodomisant trop violemment, mais elle se rendit compte que la quantité de sang qui les recouvraient, elle et lui, ne pouvaient pas provenir de cette seule source hypothétique.

Elle gémit d'horreur.

— Sam…

— Quoi, mon amour ?

Dans cette danse sensuelle et macabre de deux corps entremêlés – comme s'ils avaient été peints en rouge carmin par un artiste, qui s'apprêtait à les immortaliser sur la toile – le jeune homme avait fermé les yeux. Son désir retrouvé atteignait peu à peu son paroxysme. Il allait bientôt jouir en elle.

— Où sont les parents ? s'inquiéta-t-elle.

Alia était à des années-lumière de ce qu'il croyait être un plaisir partagé, mais il ne s'en rendait pas compte. Il était sûr de lui, sûr de la dominer, de la mener à l'orgasme, sûr qu'elle aimait ce moment, sûr qu'elle en redemanderait et le supplierait de recommencer. Encore et encore.

Il ne répondit pas.

Il n'avait même pas écouté la question.

Ce n'était pas important.

Rien n'était plus important que son plaisir égoïste en cet instant fatidique. Sa sœur le comprit et profita de ce moment de faiblesse passagère. Au moment où Samuel s'apprêtait à éjaculer en elle, elle serra les fesses de toutes ses forces et se laissa tomber. Cette action eut pour effet de tordre violemment le membre en érection. Elle crut l'entendre ou le sentir craquer en elle.

Le jeune homme se cabra et hurla de douleur. Il se retira aussitôt du corps de sa sœur et se recroquevilla immédiatement en chien de fusil sur le tapis de la salle de bains. Paralysé comme s'il avait reçu un coup dans les testicules, il se métamorphosa, de monstre en victime.

Alia en profita pour fuir. Elle se précipita, entièrement nue, vers la porte de la salle de bains, l'ouvrit et courut dans le salon. Elle ne vit pas le sang. Ses pieds dérapèrent dans la substance visqueuse. Elle glissa, perdit l'équilibre et chuta lourdement. Mais au lieu de heurter violemment le carrelage, son corps fut amorti par un autre.

Quand elle reprit ses esprits et se retourna, elle se retrouva nez à nez avec le visage d'un mort, fendu en deux à la hache. Le fer était encore planté entre la bouche déformée et le front, en passant sur l'emplacement d'un œil qui avait complètement disparu. L'autre œil demeurait grand ouvert, comme s'il observait le manche de l'arme qui remontait vers le sommet du crâne. Des esquilles d'os fracassés sortaient de la plaie.

Alia hurla de terreur et se mit à paniquer, face à cette vision digne des pires films gores. Elle crut un instant que c'était son père, mais l'uniforme de la police corrigea sa première impression. Le visage déformé ne ressemblait plus vraiment à celui de l'inspecteur Sjöberg mais elle le reconnut néanmoins. Elle l'identifia à ses cheveux.

De dégoût, elle chercha à s'éloigner de ce corps sans vie. Ses gestes saccadés la faisaient patauger maladroitement dans les litres de sang qui recouvraient le sol de la cabane. Glissant dans la flaque visqueuse, sa main entra en contact avec le membre sectionné du policier. Lorsqu'elle s'en rendit compte, elle faillit vomir.

Tant bien que mal, elle se releva et acquit une vue d'ensemble du salon. Le corps de l'inspecteur tenait compagnie à deux autres cadavres, disposés côte à côte sur le canapé. Ses parents Rolf et Sandra semblaient dormir dans les bras l'un de l'autre, comme deux amoureux. Ils avaient la gorge tranchée d'une oreille à l'autre et le flot de leur sang se mêlait celui de Sjöberg.

Tétanisée par cette découverte, Alia se mit à trembler face au spectacle mis en scène par son frère Samuel. Dans toute cette boucherie, elle chercha des yeux le corps de Quentin, mais ne le trouva pas. Son soulagement ne fut toutefois que de courte durée.

Un hurlement fit trembler les murs de la maison.

— Sœurette !

L'assassin de ses parents et de l'inspecteur Sjöberg, son violeur de frère, avait retrouvé sa vivacité. Elle comprit que sa vie ne tenait plus qu'à un fil.

Debout dans le salon, nue comme un ver, couverte de sang de la tête au pied comme une *Carrie au bal du diable*, elle oublia jusqu'à l'existence de son frère cadet et ignora l'autre danger mortel que représentait la température extérieure. Dans le plus simple appareil, elle se précipita hors de la cabane et se mit à courir dans la neige.

Parvenu dans le salon à son tour, Samuel se rhabilla nerveusement. Il se pencha sur le cadavre de Sjöberg et, d'un coup énergique, retira la hache plantée dans le visage du malheureux policier. Une gerbe de sang gicla au moment où le fer ressortit de la plaie. Puis le jeune assassin palpa les poches du Finlandais, les fouilla et trouva ce qu'il cherchait : une paire de menottes.

Légèrement vêtu d'un t-shirt et d'un jean maculés de sang, mû par la haine, il se lança à la poursuite de sa sœur dans la nuit polaire.

21

En se tenant debout face à l'homme armé sur la grande scène de *Festi'neuch*, à la croisée des faisceaux de plusieurs spots colorés, Marc Boileau se remémora une phrase du cours de négociation qu'il donnait annuellement aux polices romandes.

« Aucun plan ne résiste à la confrontation avec l'ennemi. Chaque situation connaît ses particularités. L'entraînement, même intensif, ne fait que réduire la portion d'incertitude et de hasard. Il ne l'annule pas. »

En regardant encore une fois le cadavre du jeune rappeur à ses pieds, il pensa à son épouse. Aline et lui mourraient peut-être la même nuit.

— Qu'en dites-vous, Walker ? Puis-je vous appeler par votre prénom ? Ce serait plus simple pour vous et moi.

Le négociateur évalua son interlocuteur. Le jeune homme paraissait plus vieux que les vingt ans inscrits sur la fiche des renseignements généraux. Il ajouta :

— Le permettez-vous, Quentin ?

— C'est comme vous voulez… murmura le preneur d'otage.

— Douze ans, Quentin ! Ça fait douze ans que vous êtes hanté par les tragiques événements qu'a connus votre famille en Laponie. Douze putains d'années, c'est long, n'est-ce pas ? Pourtant, avec un peu de concentration, vos souvenirs reviennent. Ils sont douloureux, mais font partie de votre histoire. Vous devez arrêter de les refouler et apprendre à les dompter.

— Vous croyez que c'est facile ? répondit Quentin Walker. J'étais sur cette mezzanine. J'ai tout vu, tout entendu. Mon frère aîné a égorgé nos parents, l'un après l'autre, comme on saigne de vulgaires porcs. Puis je l'ai vu couper la main de l'adjoint, avant qu'il ne lui défonce la gueule d'un coup de hache. Vous croyez que c'est facile à digérer pour un gamin de huit ans ?

— Je n'ai jamais dit que ce serait facile, Quentin. Aujourd'hui, vous nous avez permis de déterminer qu'Erik Koskinen n'est pour rien dans toutes ces horreurs. Le commissaire Svindal l'a bien compris.

— C'est pas l'impression qu'il m'a donnée. J'ai bien cru qu'il…

— Il voulait tout simplement comprendre, Quentin. Comme nous tous. Comme vous. Mettez-vous à sa place. Il a retrouvé les corps de vos parents et de son adjoint, assassinés. Il vous a recueilli errant dans la forêt à plusieurs centaines de mètres du lieu du crime.

— J'avais froid… se souvint Walker.

— Vous étiez en hypothermie et en état de choc. Le commissaire Svindal n'a jamais pu obtenir de réponse claire de votre part sur ce qui s'est passé cette nuit-là. Il n'a jamais pu retrouver la trace d'Erik Koskinen jusqu'à aujourd'hui. Pas plus d'ailleurs que les corps d'Alia et de Samuel. Ça fait douze ans qu'il cherche la vérité. Aidez-le, Quentin ! Aidez-nous, aidez-vous à comprendre ! Que s'est-il passé ensuite ?

*

Dans le bus transformé en PC opération, la tension était palpable.

— Quelle est la situation ? demanda le procureur Kornisch.

— Le négociateur est sur la scène avec la cible. Cette dernière est armée.

— Quel type d'arme ?

— Automatique.

— Quel calibre ?

Qu'est-ce qu'on en a à foutre ?! songea Gallys. Il s'abstint néanmoins de faire part de sa pensée au magistrat du ministère public. Il considérait ce dernier comme un incapable. Mais un incapable au bras long.

— 9 mm, monsieur le procureur.

— Une de vos armes, capitaine ?

— En aucun cas. Nous pensons qu'elle a été introduite dans l'enceinte de *Festi'neuch* par l'otage.

En prononçant cette phrase, le chef du GI se rendit compte de son absurdité. Ou plutôt de l'absurdité de cette situation. Dans tous les entraînements que ses hommes et lui avaient suivis, jamais ils n'avaient été confrontés à un scénario aussi loufoque. Preuve que chaque situation était unique et réservait son lot de surprises.

— Si ce n'est pas une arme de guerre, il y a donc peu de risques pour les personnes qui se trouvent au-delà du premier cordon de sécurité, n'est-ce pas ?

— C'est juste, monsieur le procureur. Le périmètre du second cordon de sécurité est suffisamment éloigné et nous avons procédé à l'évacuation des habitants du quartier des Beaux-Arts, dont les appartements ont des fenêtres donnant sur le quai Léopold-Robert et les Jeunes-Rives. Histoire d'éviter le risque d'une balle perdue.

— Le preneur d'otage a-t-il revendiqué quelque chose ?

— Hormis la présence du commissaire Boileau, non.

— Pas même un moyen de s'enfuir ?

— Pas pour le moment. Mais nous avons fait venir Christine, au cas où.

— Sa femme ?

— Non, monsieur le procureur. Quentin Walker n'est pas marié. En fait, nous n'avons pu faire appel à aucun membre de sa famille, ni à un tiers qui le connaisse suffisamment bien pour participer à la négociation. Tous les membres de sa famille sont morts ou portés disparus.

— Alors, qui est Christine ?

— C'est une voiture.

Manuel Gallys expliqua au représentant du ministère public que l'engin avait été baptisé ainsi en hommage au roman de Stephen King adapté par le réalisateur John Carpenter, dans lequel une Plymouth dotée d'une âme malveillante s'en prenait à ses occupants. La version de la police neuchâteloise servait précisément à ce genre de situation de crise. Elle pouvait être contrôlée à distance et était conçue pour paralyser le forcené dans sa fuite en lui administrant une violente décharge électrique par le biais du volant.

— Mais alors, reprit Kornisch, s'il n'a pas de plan pour s'échapper, c'est qu'il n'envisage que la mort comme issue ?

Le procureur faisait référence à une situation de *suicide by cop*. Le chef du GI n'y croyait pas.

— Je ne pense pas que Quentin Walker cherche à se faire abattre par la police. Nous ne sommes pas en présence d'un amok.

Le phénomène originaire de Malaisie désignait un tireur cherchant à éliminer le plus de gens possibles avant d'être neutralisé par les forces de l'ordre.

— Je suis d'accord avec Manu, confirma Gil Decker. Cette situation n'est pas un acte érostratique.

— Éros quoi ? demanda le magistrat.

— Érostratique. Un passage à l'acte animé par la volonté de réaliser un acte sordide, qui marquera les esprits et fera entrer son auteur dans le panthéon des grands criminels.

— Comme le cas Andreas Lubitz, traduisit Gallys. Ce copilote allemand de la Germanwings qui a provoqué le crash de son Airbus A320 dans les Alpes de Haute-Provence le 24 mars 2015, en entraînant avec lui près de cent cinquante personnes dans la mort.

— C'est très souvent le cas des dépressifs présentant une dimension mégalomaniaque, renchérit Decker. Ils sont à la recherche de la toute-puissance divine, avec cette faculté de donner la mort ou d'épargner la vie. À mon avis, Walker ne répond pas à ce critère. Mais il n'en demeure pas moins potentiellement dangereux.

Sylvain Kornisch parut songeur.

— Bon…

Ce « bon » laissait craindre, que le représentant du ministère public n'avait rien compris à ce que venaient de lui résumer ses interlocuteurs.

— L'otage est sauf ? demanda-t-il.

— Oui. La cible l'a relâché il y a quelques minutes.

— Et les médias ?

— Ils sont cantonnés derrière le second cordon de sécurité. Par chance, rien n'a filtré pour le moment. Quoi qu'il en soit, nous ne pensons pas que Walker suive les infos sur son smartphone. S'il y avait eu le moindre doute à ce sujet, le *sniper* qui est sur la tour de la régie nous l'aurait signalé.

— Dans ce cas, qu'attendez-vous pour lancer l'intervention et arrêter ce forcené ?

— Ce n'est pas aussi simple, monsieur le procureur. Le commissaire Marc Boileau s'est substitué à l'otage.

— C'est un policier. Un de vos hommes. Il doit s'attendre à cette éventualité.

— C'est un négociateur, monsieur. Pas un membre du GI.

— Certes, mais il est préparé à ce genre de situation, je présume. En plus, j'imagine qu'il est armé et qu'au besoin, il saura se défendre en cas d'assaut.

— Il a déposé son arme de service avant d'aller au contact, intervient Gil Decker.

— Il a quoi ? faillit s'étrangler le magistrat.

Le policier répéta la phrase, en ajoutant qu'il s'agissait de la procédure.

— Quel sombre idiot ! Dans ce cas, je ne sais pas… Communiquez-lui que nous allons lancer l'assaut. Avec un peu de chance, il se mettra à l'abri.

— Nous ne pouvons plus communiquer avec lui, monsieur le procureur, reprit Gallys. Il a également abandonné tous ses moyens de communication avant de rejoindre la cible. Il faut lui laisser une chance.

— Une chance de quoi ?

— De négocier une reddition pacifique de Quentin Walker.

— Et si ça ne marche pas ?

— Boileau saura nous le faire savoir.

— Comment ?

— Par un signe de la tête, par exemple. Nos *snipers* le connaissent suffisamment pour savoir quand il donnera l'ordre de tirer.

Kornisch parut perplexe.

— Le fera-t-il vraiment ?

— Si ça paraît nécessaire, oui. Mais ça ne sera qu'en cas d'ultime recours.

— Et s'il le remarque trop tard ?

— Marc connaît les risques.

Le magistrat du ministère public se tourna vers Decker.

— Tout à l'heure, vous m'avez parlé de sa femme. Qu'en est-il ?

— Aline Boileau est à l'hôpital, monsieur le procureur.

— C'est certes regrettable, mais je ne vois pas ce que ça peut avoir comme influence sur la présente situation.

— Elle a un cancer. Phase terminale. Elle est susceptible de mourir à tout instant.

— Son mari le sait ?

— Bien sûr.

Le procureur fit mine de réfléchir, en tortillant nerveusement sa moustache.

— Dans ce cas, messieurs, il m'apparaît que votre négociateur ne dispose plus de ses pleines facultés pour apprécier correctement la situation.

— Permettez-moi de vous contredire, intervint Decker. Il est notre meilleur espoir de voir cette affaire se terminer sans effusion de sang supplémentaire.

— Le bain de sang a déjà eu lieu, sergent. Et de mon point de vue, la seule question pertinente qu'il reste à résoudre est de savoir si vous voulez qu'il y ait encore deux morts ou un seul. Pour moi, la solution est toute trouvée. Donnez l'ordre à vos hommes de faire feu, capitaine Gallys.

Le chef du Cougar ouvrit de grands yeux étonnés. Il chercha dans le regard de son collègue un moyen de contredire l'ordre que venait de lui donner le représentant du ministère public.

*

Tout en fouillant dans ses souvenirs, le preneur d'otage gesticulait nerveusement avec son pistolet, comme s'il ne maîtrisait plus le stress qui montait en lui.

— Où est allé Sam ? demanda Boileau.

— Il s'est rendu dans la salle de bains. Alia était dans le sauna.

— Qu'a-t-il fait ?

— Je ne sais pas. Il a refermé la porte derrière lui. Mais je les ai entendus parler.

— Que disaient-ils ?

— Je ne sais plus. Il y avait tellement de sang dans le salon. Celui de mes parents, celui de l'inspecteur Sjöberg. Et cette main coupée qui me faisait signe…

Lui aussi… se dit Boileau en pensant à ses fantômes. Si Quentin les voyait déjà à l'âge de huit ans, il ne devait pas avoir su les gérer, ces douze dernières années. Les fantômes pouvaient rendre fou celui qui les côtoyait, surtout celui qui était responsable de leur mort. Et cette nuit, Walker avait cumulé les cadavres, dans un engrenage qui lui avait manifestement échappé.

— Oublie le sang, Quentin. Et concentre-toi sur tes frères et sœur…

Quentin Walker s'énerva soudain.

— Sam et Alia n'étaient pas mes frères et sœur !

*

— Le négociateur est en train de perdre le contrôle de la situation, communiqua le *sniper* de la régie.

L'annonce jeta un froid dans le bus d'état-major.

— Que se passe-t-il ? demanda le capitaine Gallys par radio.

— La cible vient de braquer son arme sur le front du commissaire Boileau.

— Comment réagit ce dernier ?

— Il reste calme.

Le chef du GI regarda les deux hommes qui lui faisaient face, de l'autre côté de la table de commandement.

— Ordonnez-lui de faire feu ! somma le procureur Kornisch.

Decker demeura médusé. Il ne parlait pas, mais son regard en disait long. À l'évidence, il désapprouvait le choix tactique du magistrat. Il finit par baisser la tête.

Gallys fixa froidement le représentant du ministère public dans les yeux et finit par prendre ses responsabilités, en annonçant au micro :

— Ne tirez pas. Attendez encore… jusqu'à nouvel ordre.

Le point rouge du viseur laser ne quitta pas pour autant le preneur d'otage. Il était toutefois remonté de la poitrine de Quentin Walker, pour se fixer sur son visage, entre la lèvre supérieure et les narines.

22

— Aliaaaaa !!!

Le hurlement de Samuel Walker déchira la nuit polaire. C'était à la fois un cri de haine et de désespoir.

L'adolescent tenait dans sa main droite la hache qu'il avait trouvée dans la réserve de bois plus tôt dans la soirée. Son fer arrondi était encore maculé du sang de Sjöberg. Dans sa main gauche pendait la paire de menottes prise dans le pantalon du défunt policier finlandais.

Les traces de sa sœur étaient relativement faciles à suivre : les empreintes de pieds nus dans la neige se dirigeaient à travers bois vers le lac gelé.

— Tu ne m'échapperas pas !

La menace s'évanouit entre les sapins et les bouleaux recouverts d'or blanc. À la clarté de la lune, les arbres aux branches alourdies formaient des ombres sinistres. Le ciel était dégagé et les étoiles brillaient dans la voûte immaculée. La température était descendue sous les moins vingt degrés.

À l'instar du Petit Poucet avec ses cailloux, Samuel semait des gouttes et des traînées de sang dans son sillage. Ce n'était pas le sien, mais ceux mêlés de ses parents et du policier de Kittilä.

*

— Aliaaaaa !

Le danger semblait tout proche.

— Tu ne m'échapperas pas !

La grande faucheuse réincarnée en son frère aîné n'était pas très loin derrière la jeune fille. Dans la précipitation, elle vacilla et chuta dans la poudreuse. Elle ne sentait déjà plus ses pieds nus et le froid dévorait le reste de son corps.

Elle plissa les yeux de douleur. Une larme se cristallisa sur sa joue. Lorsqu'elle se releva avec peine, toute sa chair nue était recouverte de neige, que la chaleur corporelle ne suffisait pas à faire fondre.

Comme un zombie, elle reprit sa fuite en direction du lac, au moment où un nouveau hurlement transperça la nuit.

— Aliaaaaa ! Reviens ! Je t'aime !

Les derniers mots la glacèrent encore plus que la nature mortelle qui l'entourait. Mais paradoxalement, ils lui donnèrent le coup de fouet nécessaire pour redoubler son effort et son allure.

Elle savait néanmoins que ce ne serait pas suffisant pour distancer Samuel.

Son frère était bien plus sportif qu'elle. Sa seule chance était d'atteindre Äkäslompolo, pour autant que la température glaciaire la laisse vivre jusque-là. Après sa douloureuse expérience dans la Plaine des Loups, elle en doutait. L'insensibilité gagnait les extrémités de ses membres.

— Aliaaaaa ! Nous referons un bébé, si tu le veux !

L'assassin était-il si désespéré, au point de crier n'importe quelle ineptie pour tenter de la convaincre d'abandonner sa fuite ? Elle se remémora les événements du Corridor : les douleurs de l'accouchement, les hurlements des loups, ce petit corps extrait du sien, le cordon, le placenta. Tout ce sang.

Espèce de malade ! voulut-elle hurler à son frère, mais elle ne trouva pas la force de remuer les lèvres.

Si tu savais...

Elle revécut ses gestes meurtriers. Le bébé bougeait faiblement, mais il ne pleurait pas. Avant même qu'il n'émette son premier son, elle l'avait étranglé et avait senti les frêles os de son cou se rompre, comme ceux d'une carcasse de poulet. Elle avait agi sans réfléchir, comme si elle avait commis cet acte sur le géniteur de cet enfant dont elle avait refusé l'existence jusqu'au terme. Et même au-delà.

Oui, décidément...

Sam, tu n'es qu'un grand malade !

Elle atteignit la piste de ski de fond désertée de tout fondeur, la traversa, manqua de se tordre une cheville dans un rail de glace et disparut dans les bois de l'autre côté.

Pourquoi avait-elle fait ce choix plutôt que de suivre les traces de la machine ? Elle ne le savait probablement pas elle-même.

Après quelques dizaines de mètres sous les sapins, elle atteignit le bord du lac. L'endroit était désert et sauvage. Elle évalua grossièrement la distance qui la séparait des chemins balisés au milieu de la grande étendue gelée. Elle n'y parvint pas.

D'un pas hésitant, elle quitta la terre ferme pour s'aventurer sur la glace. Ses pieds et ses jambes nus s'enfoncèrent de quelques trente centimètres dans la couche de neige la plus fraîche, tombée la veille.

Dans la poudreuse jusqu'aux genoux, elle avança péniblement en direction des lumières du village, qui se trouvaient de l'autre côté du lac, à plus d'un kilomètre au sud.

À peine avait-elle quitté la rive qu'une voix la stoppa.

— Il est inutile de fuir son destin…

Elle sursauta en entendant ces mots dans son dos. Ils étaient tranchants comme la lame d'un couteau. Elle se retourna. Sam était là, sur la berge.

Le froid avait gelé le sang qui maculait son jean et son t-shirt. Lui aussi devait souffrir de la température polaire. Ses doigts serraient le manche de la hache, mais ils affichaient une couleur inquiétante, comme ses mains et ses bras. Ses lèvres étaient violettes, le reste de son visage était blanc et ses yeux injectés lançaient des éclairs de feu. Seule la folie le maintenait en vie, à l'instar de l'adrénaline qui avait conduit Alia jusqu'ici.

— Tu n'iras pas plus loin, sœurette…

Il exhiba la paire de menottes.

— Je te ramène avec moi à la maison.

En voyant les bracelets métalliques, elle se mit à reculer, sans se rendre compte qu'en s'éloignant petit à petit de la berge, la couche de neige s'amenuisait. Son frère la suivit, sans se presser. Un rictus de haine déformait ses traits livides.

Bientôt, les deux adolescents parvinrent à un endroit où toute poudreuse avait disparu, absorbée par l'humidité. Leurs pieds foulaient directement la glace vive et celle-ci craquait à chacun de leurs pas.

— Je ne retournerai pas là-bas, gémit Alia. Pas avec toi.

— Oh que si ! Tu le feras.

Ces mots avaient un parfum d'assurance qui fit comprendre à la jeune fille qu'elle était arrivée au bout du chemin. Elle s'arrêta et laissa son frère la rejoindre. Sans opposer de résistance, elle ouvrit les bras en croix, dévoilant une poitrine dévorée par le froid. Son corps nu n'était plus qu'un glaçon. Elle était une morte en sursis.

Elle se laissa tomber à genoux sur la glace, qui craqua à nouveau. Sa voix trembla :

— Si tu veux me tuer, Sam, vas-y ! Fais-le ! Ici. Tout de suite. Qu'on en finisse. De toute façon, avec ce froid, jamais je ne retournerai vivante à la maison. Tu le sais.

Il laissa tomber la hache, s'approcha d'elle, l'agrippa par les cheveux et tira violemment sa tête en arrière.

— C'est moi qui décide comment ça doit finir. Pas toi !

En vomissant ces paroles de haine avec de la bave gelée aux commissures des lèvres, il referma une menotte autour du poignet de sa sœur et la serra. Puis il en fit de même avec la seconde autour de son propre poignet.

— Et là où je déciderai d'aller, conclut-il, tu devras me suivre.

Au bord de l'évanouissement, Alia regarda le visage du Mal qui la dominait. Le diable était auréolé de vert. Elle ne comprit pas tout de suite que l'étrange luminosité venait de la voûte étoilée. Une gigantesque aurore boréale se développait rapidement au-dessus d'eux et ondulait sur le lac. Ses couleurs viraient du jaune au vert et sa forme était en constante mutation.

Elle avait tant rêvé d'en voir une et voilà qu'elle leur apparaissait, majestueuse, dans la pire situation qu'elle n'aurait osé imaginer. Le phénomène en mouvement semblait provenir de la Plaine des Loups.

Alia parvint à sourire en regroupant le peu de forces qui lui restaient.

— Sais-tu ce que représentent les aurores boréales, mon grand frère adoré ? murmura-t-elle, aux confins de sa vie.

Sam ne comprit pas tout de suite la question. Il crut d'abord que sa sœur délirait. Puis il constata qu'elle ne le regardait pas, mais que ses yeux étaient tournés vers le ciel, au-dessus de lui.

Il se retourna et aperçut l'imposant voile céleste. Un instant, il demeura pétrifié.

Alia poursuivit :

— Elles représentent les âmes des enfants mort-nés, Sam. Celle-ci est venue pour nous. C'est notre fille. Et elle désapprouve ce que nous avons fait.

Le jeune homme regarda sa sœur, le ciel coloré, puis sa sœur à nouveau. Incrédule, il finit par la relever de force.

— N'importe quoi ! Maintenant, sœurette, soit tu me suis jusqu'à la maison, soit je te tranche le bras et je te laisse agoniser ici. Fais ton choix !

En prononçant ces mots, Samuel ramassa la hache et menaça Alia en brandissant l'arme en-dessus d'elle.

— Nooon ! hurla soudain une petite voix. Ne fais pas ça !

Sur la glace, la scène se figea. Les adolescents, qui n'en croyaient pas leurs oreilles, se tournèrent en même temps en direction de la berge. Ils virent Quentin qui se tenait au pied d'un sapin. L'enfant n'était guère mieux vêtu que son frère aîné.

— Espèce de petit bâtard, siffla celui-ci. Qu'est-ce que tu fais ici ? Tu ne perds rien pour attendre.

— Qu'est-ce que t'as fait à papa et maman, Sam ? pleurnicha le môme.

— Ta mère n'est qu'une sale traînée. Une putain. Elle a eu ce qu'elle méritait. Quant à ton père, je ne lui ai rien fait. Du moins pas encore…

— C'est pas vrai. J'ai tout vu. Tu l'as tué lui aussi.

— Si tu parles de Rolf, je te rassure, mon petit Quentin : il n'est pas ton père. Ton père est juste un gars de passage, avec qui ta mère a baisé un soir.

— Je te crois pas, bougonna Quentin. T'es qu'un menteur, Sam.

— Traite-moi encore une fois de menteur et je te coupe les deux oreilles, morveux. Je les ai entendus se disputer à ce sujet. Je peux même te dire comment s'appelle ton père, si tu veux.

En fait, l'adolescent ne laissa pas le choix à Quentin. Il lui révéla le nom de l'homme avec qui Sandra Walker avait trompé son mari dans un moment de faiblesse.

— D'ailleurs, ajouta Samuel avec un rictus maléfique, je ne sais même pas si Rolf était mon père et celui d'Alia. La seule certitude, c'est que nous avions tous les trois la même pute qui faisait office de mère.

— Tais-toi ! le somma Quentin de sa voix d'enfant. Tu es méchant et tu devrais être puni. Tu n'as pas le droit de parler comme ça de papa et maman.

— J'en parle comme il me plaît, ricana l'adolescent. Et par ailleurs, je fais aussi ce qui me plaît, puisque je suis libre désormais. Une fois que j'aurai réglé son compte à ta sœur, je m'occuperai de toi.

Cette ultime menace fut celle de trop aux oreilles d'Alia.

Rassemblant les dernières forces qui lui restaient, elle utilisa ce mince capital de vie pour sauver son petit frère.

Debout à côté de l'assassin, elle se mit à sauter sur place, en cherchant à retomber avec le plus de violence possible sur la glace. Les craquements s'intensifièrent et laissèrent place à des fissures, qui s'élargirent bientôt en de véritables fractures.

Samuel, d'abord étonné par les gestes de sa sœur, commença à comprendre, horrifié. Il essaya de la maîtriser, mais trop tard. La glace céda sous leur poids.

Dans un dernier élan de survie, il voulut fuir et regagner la berge. Il en fut empêché par les menottes. Son piège se referma sur lui. Ses lèvres violacées se déformèrent. Il voulut crier, mais la chute absorba sa voix. Alia et lui disparurent en même temps dans les eaux noires et glacées.

Leurs corps ne furent jamais retrouvés, car jamais ils ne furent recherchés en cet endroit. Quentin Walker et l'aurore boréale furent les seuls témoins de cette issue fatale. Le bambin ne relata jamais ces faits au commissaire Svindal lorsque, peu de temps après, ce dernier le retrouva en hypothermie et en état de choc, errant comme un zombie au milieu des bois enneigés de la Laponie.

23

Marc Boileau regarda son fils, incrédule. Il était devenu un négociateur sans parole, sans compétence de négociation. Il avait laissé le preneur d'otage prendre l'ascendant sur lui, au mépris de toutes les théories qu'il avait enseignées à Gil Decker et aux policiers qui avaient suivi ses cours.

Et surtout, en quelques minutes d'un récit sombre comme la nuit polaire, il était devenu père. Le père d'un enfant – aujourd'hui âgé de vingt ans – qu'Aline n'avait jamais pu lui donner en raison de sa stérilité.

Quentin Walker passa au tutoiement et lui cracha toute sa haine à la figure.

— Tu ne peux pas savoir ce que ressent un enfant de huit ans, quand on lui apprend sans ménagement que son père n'est pas son père biologique et que sa mère a trompé son père avec un flic.

Boileau se noya soudain dans ses propres souvenirs. Il se rappela d'une Sandra. Elle ne lui avait jamais dit son nom de famille, mais peu importait. Il n'avait pas voulu le savoir.

Sandra et lui étaient mariés, chacun de leur côté. Ils avaient eu une liaison éphémère, un moment d'égarement, un soir de la Fête des vendanges. Le mari de la belle travaillait dans un stand. Aline devait être malade ce soir-là. Sandra dansait avec ses copines à la Table Ronde, sur du Claude François ou du Michel Sardou. Il s'en souvenait. Elle était un peu éméchée. Lui aussi. Ils avaient flirté. Elle lui avait demandé de visiter les bureaux de la police. Il l'avait emmenée au BAP et l'avait fait entrer en douce. Dans la pénombre de la salle des écoutes téléphoniques, au neuvième étage, leurs vêtements éparpillés avaient froissé quelques bandes magnétiques. Il revit la scène comme si c'était hier, alors qu'elle datait de plus de vingt ans.

— C'était une histoire d'un soir, murmura Boileau.

— Mais je suis le résultat de cette histoire d'un soir, commenta Walker.

Il voulut se justifier.

— Quentin, je…

L'homme au pistolet l'interrompit.

— Pas d'excuse à deux balles, s'il te plaît ! Je suis l'histoire d'un soir. Ma vie est l'histoire d'un soir. Ce soir aussi est l'histoire d'un soir. Jamais je n'ai voulu tous ces morts. Toi seul peux éventuellement le comprendre, parce que tu es mon père. C'est pour ça que j'ai demandé à te parler.

Boileau se sentit démuni, complètement perdu. Avec Aline, ils avaient essayé tant d'années d'avoir cet enfant. Sans succès. Et voilà qu'il se trouvait soudainement parachuté dans le rôle du père d'un meurtrier.

Il se mit à mentir à Quentin. Et se mentit à lui-même.

— Je vais te sortir de là, fils…

Fils…

Comme ça sonnait bizarrement. Ce n'était pas naturel. Faux, même. Jamais il n'avait eu le temps de se préparer à une telle situation, à dialoguer avec son propre fils : un adulte qu'il ne connaissait pas.

Walker rigola nerveusement.

— Me sortir de là ? Tu veux me sauver ? Tu crois qu'on va pouvoir rentrer tranquillement à la maison, bras dessus, bras dessous ? Vivre une gentille vie de famille ? Comme si rien de tout cela ne s'était passé ? Mais tu ne peux pas me sauver. Je suis allé trop loin. De toute façon, je suis mort en Laponie, depuis cette fameuse nuit où Sam a tué mes parents, depuis cette nuit où Alia m'a sauvé de la folie de mon grand frère. Je ne suis plus qu'un fantôme errant à la recherche de son identité, depuis que Svindal m'a recueilli au seuil de la mort sur les berges du lac gelé.

— Tu n'étais qu'un enfant... tenta Boileau sans y croire.

— J'étais un enfant mort-né, comme celui de mon frère et de ma sœur. Dès ce moment-là, je n'ai plus eu d'avenir.

— Mais ces douze ans...

— Ces douze ans n'ont pas compté. Je les ai vécus comme un zombie, craignant que Sam ne revienne de l'au-delà pour finir ce qu'il avait commencé.

— Sam est mort, Quentin.

— Et je suis mort avec lui. Chaque nuit, je rêve de cette aurore boréale, au-dessus du lac d'Äkäslompolo. Je rêve de ma nièce que je n'ai pas connue, mais qui se manifeste chaque fois dans mon sommeil au travers d'étranges halos dansants verts et jaunes. Je ne sais pas comment Alia aurait voulu appeler sa fille. Peut-être Erika ?

Walker ricana, avant de conclure :

— Et dire que nous formions une famille parfaite aux yeux de tous…

En prononçant ces derniers mots, il arma le chien de l'automatique, dont le canon était plaqué contre le front de Boileau. Ce dernier ferma les yeux et pensa à son épouse. Il ne trouva pas la force de répondre, ni même de réagir à la menace.

Il y eut une détonation.

Une seule.

Boileau sentit le métal de l'arme quitter sa peau. Il rouvrit les yeux et vit son fils qui lui souriait. Du moins en eut-il l'impression. Le regard de Walker était fixé dans le sien. Il n'y avait aucune marque de surprise dans celui-ci. Depuis le début, il avait su comment tout ça finirait.

Le corps de Quentin bascula lentement en arrière, paralysé par le coup fatal. La balle du *sniper* l'avait atteint à la base du nez, là où elle était susceptible de neutraliser les centres nerveux du cerveau ; un tir de précision qui empêchait tout dernier baroud d'honneur du forcené, en le privant du réflexe d'entraîner l'otage avec lui dans la mort.

Lorsque Marc Boileau reprit ses esprits et se précipita sur le corps de son fils, tout était terminé. En l'espace de quelques minutes, la vie lui avait donné un enfant et le lui avait repris aussi brutalement.

Il prit le corps de Quentin dans ses bras et hurla au monde tout son mépris. Son cri de détresse résonna sous le chapiteau et bien au-delà. On l'entendit jusqu'au bus d'état-major et ce ne fut pas par l'intermédiaire du système de communication.

*

Quand le négociateur fut escorté hors de la scène par deux membres du GI, il se laissa faire, comme une victime, en état de choc. Le sang de son fils avait éclaboussé son visage et coulait le long de ses joues.

Ses collègues le conduisirent jusqu'au PC opération, où la tension était manifestement retombée pour laisser place à la compassion. Il aperçut le commissaire Svindal qui se tenait debout devant son prisonnier. Erik Koskinen était assis sur une chaise de festival, une paire de menottes aux poignets. Il baissait les yeux de résignation, ne sachant pas très bien comment il allait pouvoir se défendre face à la justice de son pays.

Comment Boileau allait-il pouvoir leur expliquer cette histoire, maintenant que le seul témoin direct des événements de la Laponie était mort ?

Parviendrait-il à être crédible aux yeux de Svindal, qui avait consacré douze ans de sa vie à traquer le meurtrier de la famille Walker à travers l'Europe ?

Retrouverait-on, autant d'années après, les corps de Sam et d'Alia au fond du lac gelé d'Äkäslompolo ?

Tant de questions sans réponses.

Il aperçut ensuite Gil Decker et crut lire de la pitié dans ses yeux. Comment était-ce possible ?

Son collègue ne pouvait pas connaître le drame qui s'était joué à huis clos sur la scène de *Festi'neuch* entre un père et son fils. Cet air de chien battu relevait probablement de son imagination, car Decker devait logiquement éprouver un certain soulagement suite au dénouement de cette situation.

— Ton téléphone… émit timidement son élève négociateur, en lui tendant l'appareil.

Boileau le prit et Decker ajouta :

— En ton absence, l'hôpital a appelé…

Le commissaire comprit. Les mots étaient inutiles. Après son fils, il venait de perdre son épouse. Il n'avait même pas eu l'occasion de lui dire au revoir. Une fois de plus, sa gorge se noua.

Adieu, mon Aline…

Après tout, peut-être était-ce mieux ainsi. Jamais il n'aurait eu la force d'affronter une nouvelle discussion sans lui révéler le terrible secret qu'il avait appris.

Comment aurait-il pu avouer cet adultère de plus à sa femme mourante ?

C'était impensable. Inhumain.

Il rangea le portable dans la poche de son pantalon et remercia simplement Decker, qui éprouva du mal à comprendre cet apparent détachement. Il savait qu'Aline comptait plus que tout pour son supérieur. Il ne posa toutefois aucune question.

À son tour, Manu Gallys rendit à Boileau son arme de service, qui regagna son étui à la ceinture du commissaire.

Enfin, ce fut au tour du procureur Sylvain Kornisch d'approcher le négociateur. Celui-ci n'écouta le représentant du Parquet que d'une oreille, tant il savait que le magistrat ne déplaçait en principe que du vent dans son travail et ses discours. Il perçut quelques reproches, comme le fait d'avoir mis en péril le travail du Cougar par une rupture volontaire des moyens de communication. Ces doléances ne le touchèrent pas.

Il entendit ensuite le procureur se féliciter d'avoir donné le feu vert au *sniper* et se gausser de la réussite de toute cette opération, qui avait abouti à la neutralisation d'un dangereux terroriste.

Kornisch finit enfin par remercier Boileau. Ce dernier ne comprit pas de quoi. Il s'en fichait royalement. Le procureur lui tendit la main pour le congratuler, mais le négociateur l'ignora. À la place, il sortit sa plaque et son arme, sous les yeux incrédules du magistrat. Il restitua les deux objets à Gil Decker, en lui faisant comprendre qu'il démissionnait de la police neuchâteloise et lui passait le relais de la cellule de négociation.

N'étant plus flic, il se tourna vers le procureur, se trouva nez à nez avec lui, le regarda droit dans les yeux quelques instants sans rien dire, esquissa un sourire, puis lui asséna un magistral coup de boule.

Son front entra en contact avec l'os nasal du magistrat, qui craqua affreusement sous la violence du choc. Du sang jaillit des cavités nasales et macula la chemise blanche et la cravate de Sylvain Kornisch, qui tomba à la renverse, complètement sonné, sur l'herbe des Jeunes-Rives.

Un peu plus loin, sous les branches d'un magnifique saule pleureur, entouré d'Aline Boileau et de Quentin Walker drapés de leur nouveau halo verdâtre, le fantôme de son jeune collègue Mike Donner applaudit le geste des deux mains.

Marc Boileau leur sourit tristement.

J'adresse mes sincères remerciements au comité de Festi'neuch, qui a aimablement accepté que le nom de la manifestation soit associé à cette pure fiction. Il en va de même des collectifs Michigang et Murmures barbares, dont – je vous rassure – les membres sont plus vivants que jamais.

Découvrez le prologue et le premier chapitre du nouveau roman de Nicolas Feuz :

Le Miroir des âmes

SLATKINE & CIE

PROLOGUE

Le premier bruit que Saudan perçut fut celui de la pluie qui clapotait contre les carreaux. Il essaya d'ouvrir les yeux mais ses paupières collaient. Son crâne brûlait et le sang lui cognait aux tympans.

Il voulut bouger, mais les liens qui retenaient ses mains l'en empêchèrent. Il était assis sur une vieille chaise de bois au centre d'une pièce sombre. Il était nu, le froid mordait sa peau.

Saudan voulut parler, mais aucun son ne sortit de sa bouche grande ouverte. Du fond de la gorge, il tenta un râle vague, qui se perdit dans le silence.

La peau de ses lèvres était tendue à la limite de la rupture. Ses mâchoires étaient maintenues éloignées l'une de l'autre par une force qu'il sentait sans la voir.

Lorsqu'il tourna la tête vers son reflet dans la vitre, il fut saisi par l'image qu'elle renvoyait. C'était lui, mais lui différent et, pour tout dire, méconnaissable. Saudan regardait Saudan, flic à la « canto », comme on disait encore il y a peu, avant que la police neuchâteloise ne voie son qualificatif « cantonale » disparaître en même temps que les polices communales. Mais le

Saudan qui regardait Saudan dans le miroir de la fenêtre n'était ni flic à la « canto », ni rien. Ce n'était qu'un double effrayant et effrayé. Ses cheveux noirs, d'ordinaire gominés et parfaitement peignés en arrière, étaient hirsutes. Le visage était sale, les yeux injectés. Et la bouche rendue béante par ces écarteurs métalliques, qu'on trouve encore chez les très vieux dentistes ou dans les *sex shops* tendance soumission.

Derrière la vitre, Saudan devinait le brouillard et l'humidité. Ils l'empêchaient de voir autre chose que son visage déformé. La nuit était à couper au fusain. Il n'avait aucune idée de l'endroit où il était.

Il jeta un coup d'œil autour de lui. Une salle à manger façon vieille ferme neuchâteloise mais délabrée, poussiéreuse, abandonnée. Les lambris croulaient sous les toiles d'araignées. Il n'y avait aucun bruit, pas âme qui vive, mais un beau feu dans la cheminée. Les flammes étaient presque blanches, comme attisées par un souffle invisible. Saudan remarqua une sorte de creuset en terre cuite, posé sur les braises, où cuisait une pâte orange.

— Enfin réveillé, inspecteur ? Je suis très flatté de vous accueillir dans ma modeste demeure.

La voix était caverneuse et Saudan se surprit à se demander si c'était la pièce vide qui la faisait résonner.

En étirant la tête vers la droite de l'âtre, il regarda l'homme qui venait de lui parler. Vêtu de noir, celui-ci jouait de mimétisme avec le décor.

Il portait une robe sombre à grande capuche, comme la tenue de cérémonie d'une secte très occulte conçue par l'imaginaire ténébreux d'un Lovecraft. Sur la tête, il avait un large masque de loup. Saudan reconnut *Le Vénitien.*

Et il comprit qu'il le voyait pour la première et dernière fois.

Il sentit sa respiration s'accélérer. Il voulait fuir, un élan désespéré de survie, mais les liens étaient trop résistants. Il tira sur les cordes, céda à la panique sans succès. Ses bras et ses jambes ne répondaient pas.

— Ils font tous ça, soupira le maître des lieux. Puis il reprit :

— Aujourd'hui, c'est différent. Vous êtes mon premier policier. Mon premier homme de bien, si je puis me permettre. Je suis navré que cela tombe sur vous, inspecteur. Mais je vous rassure. Vos amis vous rejoindront bientôt dans les limbes de l'oubli. Si, naturellement, ils s'obstinent à me traquer.

Saudan n'écoutait pas, il faisait bégayer sa mémoire. Pourquoi la situation leur avait-elle échappé ? À lui, à ses collègues du commissariat ICS. *Intégrité corporelle et sexuelle.* Tu parles ! Où avaient-ils raté le coche ? Pourquoi l'enquête avait-elle dérapé ?

À un moment, Saudan pensa lui démontrer l'inanité d'assassiner un flic. Mais on ne raisonnait pas *Le Vénitien.* Et, de toutes façons, les écarteurs métalliques l'empêchaient d'articuler le moindre mot intelligible.

Quand il comprit la manière dont il allait mourir, Saudan voulut hurler.

Le Vénitien l'agrippa fermement par les cheveux et tira sa tête en arrière, comme pour lui laisser regarder le plafond de bois vernissé une dernière fois.

Visqueux, le verre en fusion coula lentement au fond de la gorge ouverte en entonnoir. La silice fondue à mille cinq cents degrés brûla tout sur son passage. Les lèvres, les dents, la langue, le palais, la trachée. Les chairs grésillèrent. Une odeur de viande carbonisée s'installa. La fumée émanait de l'orifice buccal comme du cratère d'un volcan humain.

Le Vénitien regarda sa victime dans les yeux. C'était son habitude et son plaisir. Il avait noté que les plus faibles succombaient à un arrêt du cœur, causé par la douleur. Les plus résistants mouraient étouffés par l'obstruction des voies respiratoires.

Des petites taches de sang perlaient dans le blanc des yeux du mourant, des pétéchies dans la sclérotique, le signe de la suffocation. Saudan faisait partie des battants. Le tueur n'en fut pas étonné. L'honneur de la police.

Lorsque tout fut terminé, l'homme au masque de loup lança un regard langoureusement nostalgique à la tronçonneuse enfilée dans un crochet mural de la pièce. Il n'en aurait pas l'usage, cette fois. D'ordinaire, ses commanditaires lui demandaient de faire disparaître les corps. Mais, ce soir, il devait faire un exemple, envoyer un message. Un message tout simple : *Ne me cherchez plus !*

PREMIER JOUR

1

— Monsieur le procureur ?

La voix était sourde, il eut l'impression qu'elle venait d'outre-tombe.

— Monsieur le procureur, insistait-elle. Monsieur le procureur. Comment vous sentez-vous ?

L'écho de cette voix de femme coulait comme un filet d'eau pâle dans les tréfonds de sa conscience. Il essaya de bouger la tête. Rien ne répondait en lui.

— Laissez-le revenir à lui gentiment, conseilla une lointaine voix masculine. Il est encore très faible. Il est sous narcose depuis des heures.

Les mots se télescopèrent et le procureur pensa très vite : narcose-anesthésie-opération, mais sans s'en soucier plus que cela. Que lui était-il arrivé ? Il se posait la question comme on demande des nouvelles d'un proche.

La voix féminine continuait de s'inquiéter :

— Il va s'en sortir, docteur ?

Risquait-il donc de mourir ?

— Le pronostic vital n'est plus engagé.

Le procureur devina très vaguement que la femme poussait un soupir de soulagement.

— Mais, en l'état, nous ignorons les séquelles qu'il pourrait éventuellement conserver de ses blessures.

— Vous voulez dire que… ?

— Pas de conclusions hâtives, madame.

Madame. Qui était-elle ? L'autre, c'était le médecin, pour sûr. Mais elle ?

Le procureur suivait la discussion de loin, comme s'il écoutait distraitement une conversation à une table voisine, dans un restaurant très bruyant. Il savait qu'on parlait de lui, il en était certain. Mais les mots glissaient sur lui comme s'ils ne le concernaient pas. Les phrases lui parvenaient à distance raisonnable de la paire d'écouteurs qu'on aurait pu poser sur ses oreilles. Les mots bourdonnaient et l'envahissaient doucement, presque rassurants.

— Plusieurs billes ont traversé son corps de part en part, continua le médecin. Elles ont provoqué des dégâts importants et lacéré le côté gauche du visage. Par chance, nous avons sauvé l'œil. La mâchoire n'est que faiblement touchée, mais l'oreille gauche est détruite. Nous ignorons pour l'heure si son cerveau a été atteint.

Des billes.

Quelles billes ?

— Et les autres blessures ? s'inquiéta la dame anonyme.

— Les projectiles n'ont pas touché d'organe vital. Il s'en remettra. Il a eu vraiment beaucoup de chance. Ce qui n'est hélas pas le cas de la majorité des victimes.

Lorsqu'il n'entendit plus parler, le procureur essaya de soulever doucement les paupières. D'abord, il vit un grand flou, et apprivoisa le décor blanc qui l'entourait.

Une forme humaine se penchait au-dessus de son lit.

— Est-ce que ça va ? Vous vous sentez mieux ? s'inquiétait la femme.

Aurait-elle pu être son épouse ?

Mais non. Elle l'avait voussoyé.

— Qui… êtes-vous ? articula-t-il péniblement.

— Flavie, dit-elle précipitamment, mais il perçut dans le ralentissement de son débit qu'elle se voulait rassurante.

Sa bouche était pâteuse. Il avait soif.

— Je… vous connais ?

Elle parut étonnée.

— C'est moi, Flavie Keller, votre greffière.

Il ne se souvenait pas de cette greffière, il ne se souvenait de rien, ni de personne. Il ne savait pas qui il était.

PAPIER À BASE DE FIBRES CERTIFIÉES

Le Livre de Poche s'engage pour l'environnement en réduisant l'empreinte carbone de ses livres. Celle de cet exemplaire est de :
300 g éq. CO_2
Rendez-vous sur www.livredepoche-durable.fr

Composition réalisée par PCA

Achevé d'imprimer en juillet 2018 en Italie par
GRAFICA VENETA
Dépôt légal 1re publication : août 2018
LIBRAIRIE GÉNÉRALE FRANÇAISE
21, rue du Montparnasse – 75283 Paris Cedex 06

40/8749/1